Maria Hechensteiner

Orchideenblüten

Mein Weg zum
Wunschkind

PROKOPP & HECHENSTEINER

Überarbeitete Neuausgabe

Gesetzt aus der Strada
von Albert Pinggera und der
Optima nova von Hermann Zapf und
Akira Kobayashi
Druck: Druckstudio Leo, Frangart
Gedruckt auf Arcoprint Edizioni
Bindung: Plus Print, Bozen
ISBN: 978-88-6069-005-0
Printed in Italy

Für meine Töchter
Sidonie, Corinna und Juliane

... und für alle Frauen,
die sich ein Kind wünschen und
(noch) keines haben

Die Entscheidung

Es war an einem Werktag Mitte August. Wie eine Verdurstende stürzte ich mich in eine Buchhandlung. Das Buch, das ich bestellt hatte, war angekommen. Es hieß: ›Müssen Frauen Mütter sein?‹ Das war die Frage, die ich mir – in Bezug auf mich selbst – schon seit Jahren gestellt hatte: »Soll ich Mutter sein? Soll ich Kinder bekommen?«

Ich habe das Buch an diesem Tage ausgelesen. Mit einer Atemlosigkeit und einer Berührtheit zugleich, die mich während der ganzen Lektüre nicht losließen. Auf die im Titel gestellte Frage bekam ich natürlich keine Antwort. Das hatte ich auch nicht erwartet; wichtig war mir, eine Antwort auf *meine* Fragen zu finden.

Das Thema ›Kinder bekommen‹ beschäftigte mich seit meiner Hochzeit vier Jahre zuvor. Das heißt, eigentlich schon vorher. Ich bin eine sogenannte moderne Frau: Akademikerin, berufstätig, emanzipiert. Ich hatte das Glück, einen Mann zu finden, der mich von Anfang an als gleichwertige Partnerin akzeptierte.

Als Studentin waren Kinder natürlich kein Thema, aber ich war darüber hinaus lange Zeit der Überzeugung, kein Muttertyp zu sein. Ich würde nie Kinder haben, weil ich keine wollte. Kinder passten einfach nicht zu mir. Als ich meinen damaligen Freund und jetzigen Mann fragte, ob er einmal Kinder haben wolle, sagte er zu meiner Überraschung: »Warum nicht?« Es war für mich unvorstellbar, dass jemand Kinder haben wollte, besonders ein Mann. Was würde er mit solchen Bälgern anfangen, die einem nur die Zeit und Freiheit stehlen und obendrein eine Menge Geld kosten? Dennoch spürte ich schon damals eine gewisse Erleichterung. Da war also jemand, der mir bei meiner Entscheidung half. Denn so sicher war ich mir anscheinend doch nicht, keine Kinder haben zu wollen. Es war, als wäre mein Mann jener Teil von mir, der sich Kinder wünschte. Und dieser musste nun mit dem anderen zu einem Kompromiss kommen. Oder jedenfalls eine Lösung aus diesem Konflikt finden.

Bis zur Hochzeit blieb der Konflikt theoretisch. Ein Kind zu bekommen, ohne verheiratet zu sein, kam für mich nicht in Frage. In dieser Beziehung bin ich konservativ.

Wir haben dann geheiratet, aus Liebe. Wir hätten nicht müssen. Wir lebten schon vorher zusammen, ich war nicht schwanger, hatte einen Job, Klaus stand kurz vor dem Abschluss des Studiums, fing zwei Monate nach der Hochzeit zu arbeiten an. Die ›Babyfrage‹ war immer noch nicht geklärt. Aber wir waren uns einig, dass wir noch ein paar Jahre warten wollten.

Wenige Wochen nach der Hochzeit fragte mich eine Arbeitskollegin, ob ich denn nun bald Kinder haben würde. Da merkte ich plötzlich, dass eine andere Zeit angebrochen war. Nun, da ich verheiratet war, erwartete sich die Öffentlichkeit, dass ich auch Kinder bekäme. Es schien keine Privatsache mehr zu sein. Vor allem unsere Eltern, die gläubige Katholiken sind, erwarteten sich bald ein Enkelkind, auch wenn das lange Zeit nicht laut ausgesprochen wurde. Ich spürte es einfach. Was vor der Hochzeit noch tadelnswert gewesen wäre, schien nun eine Pflicht zu sein, eine Selbstverständlichkeit. Zuerst wird geheiratet, dann kommen die Kinder. Das ist so auf der Welt.

Ich muss zugeben, dass mich diese Erwartungshaltung ein wenig in Stress versetzte. Dennoch bekam ich so schnell kein Kind, weil ich mich einfach nicht danach fühlte. Ich muss auch zugeben, dass ich Klaus lange Zeit für mich alleine haben wollte. Manchmal stellte ich mir vor, dass wir ein Kind hätten, und sofort empfand ich ein Gefühl von Eifersucht. Ich wollte ihn einfach mit niemandem teilen.

Es war aber auch so, dass wir uns noch mitten in der Phase des Existenzaufbaus befanden. Wir hatten eben erst zu arbeiten begonnen, waren beide nicht fest angestellt, unsere Mietwohnung war klein, wir hatten noch nichts gespart. Wer hätte sich während unserer Arbeitszeit um das Kind gekümmert? Eine Tagesmutter hätten wir uns nicht leisten können. Höchstens unter großen Verzichten. Ich hatte schon lange genug verzichtet. Hatte mir mein Studium größtenteils selbst finanziert. Ich wollte endlich einmal etwas haben von meinem Geld. Aber ich muss mich vor niemandem rechtfertigen.

Wir wollten damals kein Kind, basta. Auch wenn mir bewusst war, dass vom Alter her der Zeitpunkt stimmte. Aber so viele Frauen wurden erst mit über 30 schwanger, warum nicht auch ich? Und überhaupt – die Entscheidung war ja noch gar nicht gefallen.

Vier Jahre später sah die Situation schon anders aus. Ich hatte zwar noch immer keinen festen Job, aber Klaus war nun in einer Firma fest angestellt und wir waren im Begriff umzuziehen. Zurück in mein Heimatdorf ins Haus neben dem meiner Eltern. Die dortige Dreizimmerwohnung gehörte meiner Mutter und war bis vor kurzem vermietet gewesen. Nun bekamen wir sie und bezahlten eine für diese Wohnung und diese Gegend mehr als günstige Miete. Das Leben schien leichter zu werden.

An einem Werktag Mitte August saß ich also auf dem Sofa in unserer kleinen Stadtwohnung – in wenigen Wochen würden wir umziehen – und verschlang das Buch mit dem Titel ›Müssen Frauen Mütter sein?‹ Mein Gefühl sagte mir, dass die Zeit der Entscheidung gekommen war. Und dieses Buch hat mir tatsächlich dabei geholfen. Während mir früher automatisch nur einfiel, was alles gegen Kinder sprach – neben unserer persönlichen Situation natürlich all die globalen Probleme: sterbende Wälder, schmelzende Gletscher, Luftverschmutzung, Drogen, hohe Selbstmordrate unter Jugendlichen, Kriegsgefahr –, fragte ich mich nun zum ersten Mal, was ich einem Kind denn an Positivem zu bieten hätte. Und zu meiner Überraschung war es gar nicht wenig: einen wunderbaren Vater, Eltern, die eine intakte Ehe führten, eine Mutter, die sich viel Zeit für es nehmen wollte, ein Leben auf dem Land, wo die Kinder noch ungestört auf den Feldern spielen können, eine wunderschöne Landschaft, ein Leben mit viel Musik (ich spiele zwei Instrumente), Frieden, materielle Sicherheit, eine – wenigstens heute noch – geringe Arbeitslosigkeit, und nicht zuletzt – auch wenn das in unseren Breiten selbstverständlich ist – genug zu essen und ein Dach über dem Kopf. Kurz gesagt: ein Zuhause. Wie viele Eltern auf der Welt können das ihren Kindern bieten? Ja, ich fragte mich langsam, wie viele Länder es überhaupt gab, in denen es sich eher lohnte, geboren zu werden, als hier in Europa, in den Alpen, in Südtirol? Wer sich auf das Abenteuer ›Leben‹ einlässt oder einlassen muss, findet hier zumindest gute Startbedingungen vor. Das war unzweifelhaft.

Ich war mehr als überrascht über meine neuen Gedanken. Musste ich also gar kein schlechtes Gewissen haben, wenn ich ein Kind wollte? War das Leben zumutbar? Natürlich, die Weltprobleme würde ich nicht lösen können. Aber war wirklich alles so schlimm? Die Medien berichten uns fast ausschließlich von den schlechten Dingen, das viele Gute, das getan wird oder geschieht, geht dabei unter. Wir erhalten einen schiefen Blick von der Welt, auch wenn ich nichts verharmlosen möchte. Doch der Mikrokosmos, in den mein Kind geboren würde, wäre zumutbar. Mit dem Makrokosmos würde es zurechtkommen müssen. Aber vielleicht würde es ja ein Mensch, der einen Beitrag zur Verbesserung dieses Makrokosmos leistete, wer weiß?

Die Entscheidung war jedenfalls gefallen: Ich wollte ein Kind.

ICH WAR DAMALS 31 Jahre alt.

Prolaktin

Ich teilte Klaus meine Entscheidung mit. Er war 's zufrieden. »Dann machen wir uns an die Arbeit!«, sagte er. Er sieht die Dinge immer von der praktischen Seite.

Aber so einfach war das Ganze gar nicht. Würde es überhaupt klappen? War mein Körper auch in Ordnung? Tatsächlich hatte ich schon seit einem Jahr Probleme, die Regel zu bekommen. Manchmal blieb sie monatelang weg. Ich war deshalb schon im Februar im Krankenhaus gewesen. Ich ging immer in dasselbe Krankenhaus zur frauenärztlichen Visite, pünktlich jedes Jahr einmal. Ich war dort auch immer beim gleichen Arzt, Dr. Z., schon seit sieben Jahren. Nur diesmal war es ein anderer. Ich schilderte ihm mein Problem. Er verschrieb mir eine Pille. Die sollte ich zehn Tage lang nehmen, damit würde die Regel wiederkommen. Dann machte er noch den Krebsabstrich und ich war wieder entlassen.

Die Pille - ich nahm sie nur ungern. Mit der Pille hatte ich schlechte Erfahrungen gemacht. Mit 24 nahm ich sie zum ersten Mal. Bis dahin waren mir Regelschmerzen unbekannt gewesen, etwas, was ich nur vom Hörensagen kannte. Meine Regel kam zwar immer unregelmäßig - in dieser Hinsicht verdiente sie ihren Namen bei mir nicht - und der Zyklus dauerte meist länger als vier Wochen, aber Schmerzen, nein, nie! Mit der Pille kamen die Regelschmerzen. Anfangs nur leicht, dann immer stärker. Ich erzählte Dr. Z. von meinen Beschwerden. Er verschrieb mir eine andere Marke. Aber das änderte nichts. Nach etwa drei Jahren war ich es gewohnt, die Pille so zu nehmen, dass die Regel immer an einem Samstag einsetzte. Ich blieb dann Samstag und Sonntag im Bett, war mehr oder weniger krank. Hielt die Schmerzen nur mit Hilfe von Schmerztabletten aus. Manchmal kam auch Fieber dazu. Eigenartigerweise schienen die Schmerzen immer vom Darm auszugehen. Denn ich spürte die Darmbewegungen und das tat sehr weh. Es fühlte sich an, als hätte ich einen kranken Klumpen im Bauch. Ich war dann meistens auch noch verstopft. Wenn ich dann endlich auf die Toilette gehen konnte, tat die Entleerung höllisch weh. Klaus war immer betroffen von meinem schmerzverzerrten Gesicht.

Ich teilte Dr. Z. meine Probleme mit. Jedes Jahr wieder. Er wusste darauf keine Antwort. »Regelschmerzen sind normal«, sagte er, »vielen Frauen geht es so.« »Ja, aber dieser eigenartige Schmerz im Darm«, entgegnete ich. »Ich werde Ihnen ein stärkeres Schmerzmittel verschreiben«, antwortete er, »und nehmen Sie 's rechtzeitig, nicht erst, wenn die Schmerzen schon eingesetzt haben.«

Ich habe die Pille insgesamt fünfeinhalb Jahre lang genommen. Zwischendurch ein- oder zweimal ausgesetzt, weil ich einfach keine Lust mehr hatte, jedes vierte Wochenende krank im Bett zu liegen. Aber die Regelschmerzen kamen nun auch, wenn ich die Pille nicht nahm. Und die Regel setzte wieder unregelmäßig ein, konnte mich also auch an einem Arbeitstag treffen. Das wollte ich schon gar nicht. Also nahm ich die Pille wieder. Mit knapp 30 aber hatte ich endgültig genug und setzte sie ab. Wir verhüteten ab jetzt mit Kondom. Ein dreiviertel Jahr lang kam die Regel, unregelmäßig wie immer, manchmal mehr, manchmal weniger schmerzhaft. Dann blieb sie aus.

Ich hatte keine Zeit, mich um meine Regelprobleme zu kümmern. Ich wechselte in diesen Jahren öfters den Arbeitsplatz, bekam immer nur befristete Verträge, manchmal ging ich auch freiwillig wieder. Ich nahm an mehreren Auswahlverfahren teil, verbrachte Monate und Monate mit Lernen, um meine Chancen auf dem Arbeitsmarkt zu verbessern. Außer mit der Regel hatte ich keine gesundheitlichen Probleme.

Zehn Tage die Pille nehmen, na gut. Die Regel setzte auch wieder ein. War – mit Hilfe von Schmerztabletten – einigermaßen erträglich. Aber sie kam dann vielleicht noch zwei- oder dreimal, dann blieb sie wieder aus. Das war der Stand in jenem besagten August. Wir verhüteten ab jetzt nicht mehr. Obwohl mir klar war, dass mit meinem Zyklus etwas nicht stimmte, tat ich zunächst einmal nichts. Ich hatte genug andere Dinge um die Ohren.

Wenige Wochen nach dem Umzug in die neue Wohnung fand ich eine neue Stelle. Es war zwar nicht der Traumjob, aber immerhin. Nun konnte ich mich wieder um mein Regelproblem kümmern. Ich wollte mich bei Dr. Z. melden. Da erfuhr ich, dass es in unserer Gemeinde eine gynäkologische Beratungsstelle gab. Warum also ins Krankenhaus gehen, wo man immer so lange warten musste, sowohl für den Termin als auch für die Visite selbst? Ich beschloss, in diese Beratungsstelle zu gehen, und bekam auch sehr schnell einen Termin.

Der dortige Frauenarzt war ein in die Jahre gekommener Sunnyboy. Groß gewachsen, braun gebrannt, sportlich, aber ungekämmtes graues Haar und ein müder Gesichtsausdruck. Später erfuhr ich, dass er tatsächlich ein passionierter Tennisspieler war. Das Reden lag ihm weniger. Ich schilderte ihm mein Problem und teilte auch mit, dass ich gerne schwanger würde. »Die Regel bleibt aus?«, fragte er. »Da müssen wir einen Bluttest machen.« Er schrieb die Überweisung für eine Blutuntersuchung und drückte mir dann die Visitenkarte mit der Adresse seiner Privatpraxis in die Hand. »Ich muss Sie gründlich untersuchen«, meinte er, »mit Ultraschall und so. Das Ultraschallgerät hier in der Beratungsstelle ist alt - seit Jahren fordere ich ein neues an, aber Sie wissen ja, die Bürokratie! In meiner Praxis habe ich ein viel besseres Gerät und die Kosten für den Ultraschall zahlt Ihnen die Krankenkasse zu 75 Prozent zurück.« Das war für mich in Ordnung. Es ist ja nicht so, dass ich nicht bereit bin, für meine Gesundheit Geld auszugeben.

Interessanterweise kam die Regel zwei Tage später wieder einmal. Aber mit welcher Wucht! Fieber, wiederholtes Erbrechen, heftige Bauchschmerzen. Ich musste mich fünf Tage lang krank schreiben lassen. Als ich mich wieder erholt hatte, ließ ich mein Blut untersuchen und begab mich mit dem Ergebnis in die Privatpraxis.

Der Arzt sah sich den Befund an. »Das Prolaktin ist zu hoch«, sagte er. Prolaktin? Nie gehört. »Das Prolaktin ist ein Hormon, das bei schwangeren und stillenden Frauen für die Milchbildung sorgt«, erklärte er. »Wenn es sehr hoch ist, besteht die Gefahr, dass aus Ihren Brüsten Milch austritt.« Was? Das hätte gerade noch gefehlt! »Das Prolaktin wird in der Hirnanhangsdrüse gebildet«, fuhr er fort.

»Wenn der Wert zu hoch ist, wird der Eisprung unterdrückt und die Regel bleibt aus. Eine Ursache für diesen hohen Wert könnte eine unnatürliche Vergrößerung der Hirnanhangsdrüse sein. Das müssen wir durch eine Magnetresonanz untersuchen lassen. Eine zu große Hirnanhangsdrüse könnte auf den Sehnerv drücken und so die Sehkraft beeinträchtigen. Das müsste auf jeden Fall operiert werden.« »Operiert?«, hauchte ich, schon ganz kraftlos von all diesen unangenehmen Neuigkeiten. »Ja, operiert«, wiederholte er nüchtern. »Früher war das ein großer Eingriff, aber heute nicht mehr. Man operiert einfach durch die Nase.« »Und Sie glauben, ich muss operiert werden?«, piepste ich. »Das kann ich nicht sagen«, antwortete er, »dazu müssen wir das Ergebnis der Magnetresonanz abwarten. Ich werde Ihnen gleich einen Termin besorgen.« Dann untersuchte er mich gründlich, machte einen Ultraschall – es war alles in Ordnung. Er verschrieb mir noch ein Medikament, das das Prolaktin senken würde und mit dessen Einnahme ich sofort beginnen sollte. Ich fragte, wie lange es dauern würde, bis das Prolaktinproblem behoben sei. »Etwa ein halbes Jahr«, antwortete er. Oh, dachte ich enttäuscht, ein halbes Jahr keine Regel und ein halbes Jahr nicht schwanger werden!

Drei Wochen später war ich wieder krank. Wieder Fieber, Bauchschmerzen, Erbrechen, und die Regel war gekommen. Diesmal kam auch noch ein Schwindelgefühl dazu. Es war mir sehr unangenehm, nach nur eineinhalb Monaten schon wieder bei der Arbeit zu fehlen. Ich, die ich in den sieben Jahren, seit ich berufstätig war, vielleicht zwei- oder dreimal krank gewesen war.

Ich rief den Frauenarzt an und beschrieb ihm meine Beschwerden. Ich sagte, ich hätte Fieber, Bauchschmerzen, mir sei übel und die Regel sei da. »Von der Regel bekommt man kein Fieber«, sagte er trocken. Ich ärgerte mich. Hielt er mich für eine Simulantin? Oder für eine, die nicht imstande ist, ihre Beschwerden richtig zu beschreiben? Ich *hatte* die Regel und ich *hatte* Fieber! »Kommen Sie in meine Praxis«, fuhr er fort, »dann schauen wir mal.« Klaus brachte mich hin. Der Arzt ließ sich noch einmal meine Beschwerden schildern. Ich erzählte ihm auch, dass ich seit einer knappen Woche das prolaktinsenkende Medikament nahm und nicht damit gerechnet hätte, so schnell die Regel wieder zu bekommen. »Natürlich kommt die Regel wieder, wenn das Prolaktin fällt«, meinte er herablassend. »Ich werde Sie jetzt untersuchen.« Und schon saß ich wieder auf dem gynäkologischen Stuhl und er machte einen Ultraschall. »Aha«, sagte er, »Sie haben eine Zyste im Eierstock. Kein Wunder, dass Sie solche Bauchschmerzen hatten!« Eine Zyste? Ich hatte noch nie in meinem Leben etwas von Eierstockzysten gehört. Der Arzt erklärte mir, dass Frauen oft Zysten bekommen, ohne es zu bemerken. Meistens sind sie harmlos und verschwinden von alleine wieder. Meine sei ganz rund - ein gutes Zeichen -, sie sei also nicht gefährlich und wohl auch bald wieder weg. Ich solle einen Monat lang die Pille nehmen und dann den Ultraschall wiederholen.

Und schon war ich wieder draußen aus dem Sprechzimmer. Die Pille, nicht schon wieder die Pille, stöhnte ich innerlich. Ich wollte schwanger werden, was sollte ich mit der Pille! Die Bauchschmerzen waren nicht stärker gewesen als bei den anderen Regeln; hatte ich dann in den letzten Jahren immer Zysten gehabt? Erst vor drei Wochen war ja noch alles in Ordnung gewesen. Und das Schwindelgefühl? Das hatte er überhaupt nicht erklären können. Mir war nie schwindlig! Ich war verärgert und frustriert. Musste mit Fieber in die Praxis gehen und bekam keine ausreichende Erklärung für meine Beschwerden.

Zwei Tage blieb ich zu Hause, am dritten wollte ich unbedingt wieder zur Arbeit gehen. Das Fieber war weg, die Bauchschmerzen hielten sich in Grenzen und das Schwindelgefühl versuchte ich zu ignorieren. Aber nach zwei Stunden im Büro gab ich auf. Mir war so schwindlig, dass ich fürchtete umzukippen. Ging wieder nach Hause und legte mich ins Bett. Was war bloß los mit mir? Hing das etwa mit dem prolaktinsenkenden Medikament zusammen? Ich holte es und las den Beipackzettel durch, den ich bisher nur überflogen hatte. »Nebenwirkungen: ... die häufigsten beobachteten Nebenwirkungen sind Schwindelgefühl, Kopfschmerzen, Übelkeit, Schläfrigkeit und Unterleibsschmerzen ...« Soso. Ich hatte dem Arzt doch gesagt, dass ich das Medikament nahm, er hatte es mir ja selbst verschrieben. Und dann musste ich selber draufkommen, dass das der Grund meines Krankseins war! Verdammt. Ich wusste nicht, ob ich es nun weiter nehmen oder besser absetzen sollte. Aber ich hatte keine Lust mehr, ihn anzurufen und zu fragen.

Wieder krank

Zwei Monate später ließ ich die Magnetresonanz durchführen. Man bekommt dabei eine Kontrastflüssigkeit zu trinken, muss sich dann, sehr leicht bekleidet, auf eine Liege legen und wird für etwa zehn Minuten in einen Tunnel geschoben. Kein Spaß für Klaustrophobiker! Mir machte das nichts aus, ich hatte mehr mit meiner Gänsehaut zu kämpfen. Von außen bekommt man Anweisungen, wann man atmen darf und wann nicht. Dann war es auch schon wieder vorbei. Ein paar Tage später holte ich den Befund ab. Sechs große Bögen mit Röntgenbildern, auf denen mein Schädel von allen Seiten abgebildet war. Dem beigelegten Bericht entnahm ich, dass alles in Ordnung war: »Keine pathologischen Veränderungen festgestellt.« Ich atmete auf.

Die vier Wochen, in denen ich die Pille nehmen musste, waren auch schon wieder vorbei und ich ließ mir einen neuen Termin in der Beratungsstelle geben. Dort zeigte ich dem Arzt den Befund. »Nichts zu sehen«, meinte er. »Natürlich sieht man die Veränderung der Hirnanhangsdrüse erst, wenn sie sehr groß ist.« Gönnte er mir die Freude über diese endlich einmal positive Nachricht nicht? »Nehmen Sie auf jeden Fall das Medikament weiter.« Ich beschloss, die Beschwerden, die es mir anfangs bereitet hatte, nicht zu erwähnen. Das Vertrauen in diesen Arzt hatte ich schon verloren. »Wir müssen wieder einen Ultraschall machen wegen der Zyste ...« fuhr er fort. Da ich keine Lust mehr hatte, ihn in seiner Privatpraxis aufzusuchen, sagte ich schnell: »Können wir den nicht gleich hier machen?« »Ja, das können wir schon, aber ...« »Na, dann los!« Ich wollte nur so schnell wie möglich wieder raus aus dem Sprechzimmer.

Er machte also den Ultraschall. »Die Zyste ist wieder verschwunden«, sagte er, »soweit ich das mit diesem Gerät sehen kann.« Ich war zufrieden. »Nehmen Sie aber vorbeugend noch drei Monate lang die Pille«, fügte er hinzu. Ja, hört mir denn keiner zu? dachte ich leicht verzweifelt. Ich will schwanger werden, ich brauche die Pille nicht, ich hasse sie! »Nein«, sagte ich so ruhig wie möglich, »ich nehme die Pille nicht. Sie bereitet mir immer solche Beschwerden.« Das war nur die halbe Wahrheit, aber ich wollte mit diesem Arzt nicht mehr über dieses für mich so emotionale Thema ›Schwangerwerden‹ reden. »Gut, wie Sie meinen«, antwortete er pikiert, »aber machen Sie in ein paar Monaten wieder einen Ultraschall, zur Kontrolle.« Wir einigten uns noch darauf, dass ich nach Beendigung der Therapie zur Senkung des Prolaktins wieder einen Bluttest durchführen und mich dann melden solle. Dann war ich endlich wieder draußen.

Zysten, dachte ich verächtlich, Pille. Warum sollte ich wieder eine Zyste bekommen? Und wenn schon, die scheinen ja von alleine wieder zu verschwinden. Wer weiß, wie viele Zysten ich in den vergangenen Jahren schon hatte? Ich habe ja kaum einmal einen Ultraschall gemacht. Oder vielleicht hatte ich nie eine. Ich habe auch noch nie von Frauen mit Zysten gehört. – Mir schien das etwas ganz Exotisches. Und ich war auf jeden Fall überzeugt, dass meine Regelbeschwerden mit Zysten nichts zu tun hatten.

In den folgenden Monaten nahm ich brav das prolaktinsenkende Medikament und meldete mich dann mit einem neuen Bluttestbefund in der gynäkologischen Beratungsstelle. Der Prolaktinwert war auf ein Minimum gesunken. »Gut«, sagte der Arzt zufrieden, »das Prolaktin ist wieder in Ordnung.« Dieses Kapitel schien also abgeschlossen zu sein. »Kommen Sie in ein paar Wochen wieder zum Ultraschall wegen der Zyste.« Nun wollte ich es aber genau wissen. »Was kann denn so eine Zyste bewirken?«, fragte ich, »etwas Schlimmes?« »Es gibt Zysten, die kommen und gehen, ohne dass eine Frau es bemerkt«, antwortete er, »aber es gibt auch Zysten, die immer größer werden, den Eierstock umfangen und ihn schließlich abwürgen.« Ui, das klang nicht lustig! Aber so etwas, dachte ich mir, kommt sicher nur ganz, ganz selten vor. Ich beschloss, den Ultraschall irgendwann einmal durchführen zu lassen und verabschiedete mich.

WIEDER SOMMER. Mit 1. Juli konnte ich innerhalb der Behörde, bei der ich angestellt war, eine neue und viel versprechende Stelle antreten. Teilzeit noch dazu, sodass ich auch genug Zeit für meine musikalischen Aktivitäten hatte. Endlich schien es beruflich wieder bergauf zu gehen. Nun würde es wohl hoffentlich auch bald mit der Schwangerschaft klappen. Ich ließ die Zeit verstreichen, ohne mich besonders darum zu kümmern. In dieser Beziehung war ich noch sehr sorglos. Glaubte, völlig gesund zu sein. Beobachtete meinen Zyklus nicht. Dachte, so etwa zwei Wochen nach der Regel die fruchtbaren Tage zu haben, ohne dass wir deshalb gerade in dieser Zeit besonders aktiv wurden. Nicht verhüten schien mir genug, um schwanger zu werden.

Der Sommer neigte sich schon wieder seinem Ende zu. Hin und wieder fiel mir der Ultraschall ein. Ich schob ihn hinaus.

Die Zyste

An einem Sonntag im Oktober war ich zu Hause und übte gerade Querflöte. Da spürte ich plötzlich ein merkwürdiges Stechen auf der linken Unterleibsseite. Es tat weh. Und es hörte nicht auf. Ich bekam Angst. Der Ultraschall, dachte ich, ich muss jetzt endlich den Ultraschall machen lassen. Nach ein paar Minuten ließ das Stechen etwas nach, hielt aber noch eine ganze Weile an. Was für ein merkwürdiger Schmerz! Was war das bloß?

Gleich am nächsten Tag meldete ich mich in der gynäkologischen Beratungsstelle an und bekam einen Termin zehn Tage später. In diesen zehn Tagen tauchte das Stechen auf und verschwand wieder, war aber nie mehr so stark wie am ersten Tag. Ich beruhigte mich wieder. Wird schon nichts gewesen sein. Man spürt öfter einmal irgendwo einen Schmerz oder einen Druck und dann ist es gar nichts.

So saß ich also wieder im Sprechzimmer diesem schweigsamen Arzt gegenüber. »Was ist los?«, fragte er. »Ich möchte, dass Sie einen Ultraschall machen – jetzt gleich«, antwortete ich. »Ich spüre seit ein paar Tagen so ein merkwürdiges Stechen auf der linken Unterleibsseite.« »Machen Sie sich bitte frei«, sagte er. Als ich auf dem gynäkologischen Stuhl saß, fühlte ich mich unangenehm. Man ist da als Frau in einer so hilflosen und demütigenden Position, muss einem fremden Menschen seine intimsten Körperteile entgegenstrecken. Wenn es diesem Menschen nicht gelingt, eine angenehme und lockere Atmosphäre zu schaffen, kann die Situation unerträglich werden. Kann ein Mann sich dieses Gefühl überhaupt vorstellen? fragte ich mich plötzlich. Müssen auch Männer sich den Ärzten derart ausliefern? Und zwar *alle* Männer *jedes* Jahr einmal?

Die Stimme des Arztes riss mich aus meinen Gedanken. »Da ist eine Zyste«, sagte er trocken. »Schon wieder eine Zyste?«, fragte ich. »Ich kann Sie nicht gut erkennen, aber sie scheint ziemlich groß zu sein.« Er schaltete das Ultraschallgerät aus und machte noch eine Tastuntersuchung. Ich versuchte, tief durchzuatmen und mich zu entspannen. »Sie müssen locker bleiben, sonst kann ich nichts fühlen«, sagte er gereizt. Idiot, dachte ich. Die Stimmung zwischen uns war auf einen Tiefpunkt gesunken. Als ich mich wieder angezogen hatte, sagte er: »Sie haben eine große Zyste auf dem linken Eierstock. Das muss operiert werden.« Ich erschrak. Kommt nicht in Frage! dachte ich. »Sie müssen auf jeden Fall noch einmal einen Ultraschall machen, damit das genauer untersucht wird«, fuhr er fort, »entweder im Krankenhaus oder« - er zögerte - »in meiner Praxis.« Ich ging nicht darauf ein. »Seit neun Jahren lasse ich mich regelmäßig untersuchen« - Verzweiflung, Ungläubigkeit und Ärger mischten sich in meiner Stimme - »und noch nie habe ich etwas von Zysten gehört oder welche gehabt. Seit ich bei Ihnen bin, habe ich dauernd welche. Warum?« Ich wusste, dass das eine dumme und überflüssige Frage war, aber ich musste einfach meinem Schreck über diese Mitteilung Luft machen. Er ging auch gar nicht darauf ein. »Was passiert, wenn ich nichts tue?«, fragte ich noch. »Dann werden Sie in drei bis fünf Jahren große Unterleibsprobleme haben«, antwortete er und in seiner Stimme schwang kein bisschen Mitgefühl mit.

Verwirrt verließ ich die Beratungsstelle. Nur ein Entschluss stand fest: Das war mit Sicherheit mein letzter Besuch bei diesem Arzt gewesen. Ich würde wieder zu Dr. Z. in die Klinik gehen.

Gleich am nächsten Tag rief ich Dr. Z. an. Er schien sich über meinen Anruf zu freuen. »Schon lange nichts mehr gehört!«, sagte er, »wie geht es denn?« »Ich muss einen Ultraschall machen, Herr Doktor«, sagte ich, »ich habe vielleicht eine Zyste am linken Eierstock.« »Wer sagt das?«, fragte er. »Der Arzt in unserer Beratungsstelle«, antwortete ich und fügte leise hinzu: »Ich möchte aber nicht mehr zu ihm gehen.« »Ich bin nächste Woche zum Ultraschalldienst eingeteilt«, sagte Dr. Z., »kommen Sie am Mittwoch so gegen halb drei.« Ich beruhigte mich langsam wieder. Bestimmt hatte sich der Arzt in der Beratungsstelle getäuscht, dachte ich. Oder falsch gesehen, weil das Ultraschallgerät alt ist. Ich muss mich bestimmt nicht operieren lassen. Alles wird ein Irrtum gewesen sein und Dr. Z. und ich werden darüber lachen. Das Stechen ist auch wieder verschwunden.

Ich ging also am folgenden Mittwoch ins Krankenhaus. Vor dem Untersuchungszimmer traf ich eine Bekannte. Sie erzählte mir, dass sie schwanger sei, und fragte mich, ob es auch bei mir ›Neuigkeiten‹ gebe. »Nein, nein, keine Spur«, wehrte ich ab. Erst jetzt wurde mir bewusst, aus welchem Grund die anderen Frauen hier auf eine Untersuchung warteten. Sie waren schwanger. Nur ich war es nicht, im Gegenteil, ich trug vielleicht sogar so ein böses, krankes Ding in meinem Bauch herum, das operiert werden musste. Plötzlich schämte ich mich.

Endlich kam ich dran. Außer Dr. Z. waren eine Krankenschwester und ein junges Mädchen, offensichtlich eine Praktikantin, im Raum. Dr. Z. ließ mich gleich auf dem gynäkologischen Stuhl Platz nehmen. Er begann mit dem Ultraschall. »Da ist tatsächlich eine Zyste«, sagte er gleich darauf, »eine ganz schön große. Die muss auf jeden Fall operiert werden.« Nein, dachte ich, nein. »Die Zyste hat den Eierstock völlig umschlungen. Dieser Eierstock muss entfernt werden.« Das konnte nicht wahr sein! Ich konnte es nicht glauben. »Ja«, fuhr Dr. Z. fort, »wir müssen noch gründliche Untersuchungen machen. Diese Zyste hat eine verdächtige Form. Es könnte sein, dass wir auch den rechten Eierstock und die Gebärmutter entfernen müssen.« Er sagte es tatsächlich so. Ich wurde bleich vor Angst. »Hat das Auswirkungen auf die Fruchtbarkeit?«, fragte ich leise, obwohl mir klar war, wie dumm diese Frage war. »Das will ich meinen«, antwortete er, »aber wir dürfen nichts riskieren. Diese Entfernung könnte unvermeidlich sein.« Er diktierte der Krankenschwester: »Linke Adnexe gut pampelmusengroß mit inhomogener, mehrkammriger Struktur mit verschiedenen Echostärken von 78 mal 74 mm, rechte Adnexe unauffällig.« Mehr zu sich selbst als zu mir sagte er: »Da werde ich nicht selbst operieren, das ist eine Sache für den Primar.« Dann wandte er sich wieder an mich: »Wollen Sie diesen Eingriff überhaupt bei uns durchführen lassen oder wollen Sie noch einen Experten zu Rate ziehen?« Ich war komplett überfordert. Glaubte, mich in einem Alptraum zu befinden. Was hatte er mich eben gefragt? »Ich weiß nicht, ich kenne hier niemanden außer Ihnen«, sagte ich nach einer Pause, während ich das Gefühl hatte, die Welt würde über mir zusammenbrechen. »Sie sollten sich noch eine Meinung einholen«, sagte er, »Sie nehmen es mit Ihrer Gesundheit etwas zu locker.« Was sollte das jetzt wieder heißen? Mir war zum Weinen zumute. Dr. Z. meinte, wir dürften keine Zeit verlieren. Er würde mich fürs ›Day Hospital‹ anmelden. Gleich am nächsten Morgen solle ich zur Blut- und Urinuntersuchung und zum EKG ins Krankenhaus kommen.

Wie in Trance ging ich die Gänge des Krankenhauses entlang zum Ausgang zurück. Mein linker Eierstock musste entfernt werden! Und der andere vielleicht auch! Aber warum nur, der war doch gesund! Was war bloß los? Nein, nein, es konnte nicht wahr sein. Ich wünschte mir ein Kind und man wollte mir meine Fortpflanzungsorgane nehmen. Es konnte nicht sein. Ich konnte es nicht glauben. Ich rief Klaus an, aber es kam nicht viel dabei heraus. Meine Stimme versagte. Meine Vorstellungskraft reichte gar nicht aus, um das ganze Ausmaß dieser Katastrophe wahrzunehmen. Mein linker Eierstock musste weg. So viel schien sicher. Und das war schon schlimm genug. Das andere lag im Bereich des Möglichen. Da gab es noch Hoffnung. Ich klammerte mich an diese Hoffnung. Sonst wäre ich wohl verrückt geworden. Aber nein, ich würde ihn nicht hergeben. Auch den einen nicht. Nicht einfach so. Er gehörte mir, niemand durfte ihn mir nehmen. Ich wollte für ihn kämpfen, wollte alles tun, um ihn zu behalten. So schnell würde ich nicht aufgeben. Vielleicht gab es ja doch noch eine andere Lösung. Ich versuchte mich zu beruhigen.

Was mich aber wirklich schockiert hatte, war die Kaltblütigkeit, mit der mir Dr. Z. diese Dinge ins Gesicht gesagt hatte. Und das noch dazu vor zwei anderen Personen. Wie die Verkündigung eines Todesurteils war das gewesen. Noch nie hatte ich mich so hilflos und ausgeliefert gefühlt. Warum hatte er mich nicht zur Seite genommen und mir die Angelegenheit etwas schonender beigebracht? Wäre das zu viel verlangt gewesen? War dafür keine Zeit vorhanden? Sieht das das moderne Gesundheitssystem nicht vor? Regieren hier nur die Maschinen und nicht mehr die Menschen? Ist Einfühlsamkeit den Ärzten verboten? War meine Krankheit zu belanglos, als dass man mich hätte schonen müssen? Ist das nur Krebspatienten im Endstadium vorbehalten?

Ich hatte das Gefühl, unter einer erdrückenden Last zusammenzubrechen. Der Himmel verdunkelte sich.

Im Day Hospital

Am nächsten Tag musste ich in aller Früh nüchtern ins Krankenhaus. Die Urinproben brachte ich schon mit. Die Untersuchungen waren bald vorbei. Bevor ich wieder entlassen wurde, gab mir eine Krankenschwester noch zwei Packungen mit einem Pulver mit. Dieses sollte ich sechs Tage später in zwei Litern Wasser auflösen und ab sechs Uhr morgens innerhalb einer Stunde trinken. Dadurch würde der Darm gereinigt, was notwendig war, weil ich an diesem Tag eine Darmspiegelung machen müsste. Sie gab mir auch ein Informationsblatt über diese Art der Untersuchung mit, das ich genau durchlesen sollte. Dr. Z. ließ sich an diesem Tag nicht blicken.

Die nächsten Tage verbrachte ich in größter Unruhe. Ich wusste nicht, was auf mich zukam. Mein Eierstock - würde ich ihn retten können? Den Gedanken, dass mir alle Fortpflanzungsorgane genommen werden könnten, verdrängte ich total. Das würde ich nicht zulassen. Es würde auch nicht nötig sein, der rechte Eierstock und die Gebärmutter waren ja in Ordnung, und es interessierte mich nicht, was Dr. Z. da wohl gemeint haben könnte. Ich versuchte mich daran zu gewöhnen, dass ich den linken Eierstock verlieren würde. Ein hässlicher Gedanke. Ein Organ verlieren, verstümmelt werden. Was würden sie damit tun, es vernichten, auf den Müll schmeißen? Wer konnte etwas damit anfangen? Für die anderen war es nur ein blutiges, deformiertes, schleimiges Etwas, wertlos, für mich war es ein Teil meines Körpers, jener Teil, der mich mit Hormonen versorgte, mit dem ich mich fortpflanzte, der mich zur Frau machte.

Für die Darmspiegelung war ich wieder zeitig im Krankenhaus. Zum Glück hatte ich bei meinem Arbeitsplatz flexible Zeiten, sodass ich es schaffte, die Krankenhaustermine unterzubringen, ohne dass es auffiel.

Die Darmreinigung hatte nicht optimal funktioniert. Obwohl ich das aufgelöste Pulver wie vorgeschrieben getrunken hatte, machte mein Darm keine großen Anstalten, sich von seinem Inhalt zu trennen. Und tatsächlich, die Darmspiegelung konnte nicht durchgeführt werden. Ich wurde mit der Anweisung nach Hause geschickt, in der nächsten Woche *vier* Liter mit dem Pulver zu trinken und dann wiederzukommen.

Ich ging in die Gynäkologie und suchte Dr. Z. Er erwartete mich bereits. »Wir haben nun das Ergebnis der Blutuntersuchung vorliegen. Es ist ein Wert vorhanden, der anzeigt, dass irgendwo im Körper ein unkontrolliertes Wachstum stattfindet. Allerdings ist der Wert nicht sehr hoch, das ist positiv«, sagte er und fuhr fort: »Es gibt nun für verschiedene Befunde verschiedene Behandlungsmöglichkeiten. Der linke Eierstock muss entfernt werden, daran besteht kein Zweifel, ebenso der Eileiter. Sie wurden von der Zyste praktisch zerstört. Das braucht Ihnen aber keine weiteren Sorgen zu machen. Sie kommen deshalb nicht früher in die Wechseljahre. Sie werden nicht mit weniger Hormonen versorgt. Der verbliebene Eierstock übernimmt die Funktion beider. – Es könnte sein, dass wir es dabei belassen können. Wir wissen aber nicht, ob sich die aggressiven Zellen nur innerhalb der Zyste befinden oder schon aus ihr ausgetreten sind. Sollte dies der Fall sein, müssen auch der rechte Eierstock und die Gebärmutter entfernt werden, weil sie dann auch befallen wären.« Langsam, langsam dämmerte mir etwas. Obwohl die Wörter ›Tumor‹ und ›Krebs‹ niemals fielen, hatte ich endlich verstanden: Sie vermuteten, dass ich Krebs hatte. Dass diese Zyste ein bösartiger Tumor war. Eierstockkrebs, oder, wie sie es nannten, ein ›Ovarialkarzinom‹. War dann auch mein Leben in Gefahr? Ich war wie gelähmt, leer, spürte nichts mehr. Dr. Z. sagte, er würde jetzt schauen, ob der Primar Zeit für mich hätte. Ich solle inzwischen auf dem Gang warten.

Ich saß auf dem Gang und starrte ins Leere. Wusste nicht, was ich fühlen oder denken sollte. Hatte keine Ahnung, was auf mich zukam. Hätte am liebsten geweint, aber dazu war das nicht der richtige Ort. Klaus kam und setzte sich zu mir. »Dr. Z. sagt, sie müssen mir vielleicht wirklich alles herausschneiden«, – jetzt kamen die Tränen doch –, »wenn die bösen Zellen schon ausgetreten sind.« Er verstand wohl noch weniger als ich. Er nahm meine Hand. »Ich soll zum

Primar gehen«, sagte ich noch. Dr. Z. kehrte zurück. »Der Primar hat jetzt Zeit«, sagte er und zu Klaus: »Kommen Sie auch mit.«

Der Primar war ein distinguierter Herr mittleren Alters, grau meliertes Haar, perfekt rasiert, perfekt sitzender Haarschnitt. Nicht unfreundlich. Er begrüßte uns, dann studierte er kurz die Unterlagen. Er bat mich, auf dem gynäkologischen Stuhl Platz zu nehmen, und machte einen Ultraschall. Dr. Z. flüsterte ihm dann und wann etwas zu. »Haben Sie Kinder?«, wandte er sich plötzlich an mich. »Nein«, antwortete ich leise. »Aber Sie hätten gerne welche?« »Ja, schon.« »Hm«. Er beendete den Ultraschall und wandte sich wieder den Unterlagen zu. »Sie wissen, dass Sie operiert werden müssen«, begann er wieder. »Ja, das hat mir Dr. Z. gesagt«, erwiderte ich. »Sie wissen auch, dass wir noch nicht sagen können, ob nur der linke Eierstock befallen ist oder auch der rechte. In diesem Fall käme wohl nur eine Adoption für Sie in Frage, was auch sehr schön sein kann. – Ob wir beide Eierstöcke entfernen müssen oder nur einen, stellt sich jedoch erst zum Zeitpunkt der Operation heraus.« »Bitte, retten Sie meine Organe«, flüsterte ich und kam mir so unendlich hilflos vor wie nie zuvor. »Es wird schon gut gehen«, antwortete der Primar aufmunternd, »die Chancen, dass wir nur den linken Eierstock entfernen müssen, stehen 60 : 40.« Er stand auf und bemerkte meine Verzweiflung. »Kopf hoch, es wird gut ausgehen, Sie werden schon sehen«, sagte er noch. Dann gab er uns die Hand und wir waren wieder entlassen.

An diesem Abend besuchten wir ein Konzert eines weltberühmten Klarinettisten. Mein Cousin kam auch mit. Wir hatten diesen Besuch schon lange geplant und ich wollte meinen Cousin nicht durch eine Absage enttäuschen. Aber von diesem Konzert hatte ich nicht viel. Ich saß auf meinem Stuhl und starrte mit angsterfüllten Augen ins Leere. Ich hatte vielleicht Krebs. Man würde mir meine Fortpflanzungsorgane nehmen, mich praktisch kastrieren. Ich würde keine Frau mehr sein. – In der Pause grüßte mich eine Freundin von weitem. Normalerweise wäre ich zu ihr hingegangen, aber an diesem Tag hatte ich nicht die Kraft dazu. Sie war gesund, eine ganze Frau, und ich - was wäre ich in ein paar Wochen? Ich wusste, dass ich einen solchen Eingriff psychisch nicht schadlos überstehen würde.

AM NÄCHSTEN MORGEN war ich schon wieder um sieben Uhr früh im Krankenhaus. Eine Computertomographie und eine Mammographie standen auf dem Programm. Als ich beides hinter mir hatte, ging ich wieder in die Gynäkologie. Ich musste mit Dr. Z. reden. Kreidebleich trat ich ins Sprechzimmer. »Sie haben Angst, nicht wahr?«, sagte Dr. Z. ruhig. »Herr Doktor«, flehte ich, »bitte, gibt es keine andere Lösung? Können Sie meine Organe nicht irgendwie retten? Es muss doch möglich sein. Es kann doch nicht sein, dass Sie mir alles herausschneiden, dass das der einzige Weg ist. Bitte!« »Ich habe es Ihnen schon gesagt«, erwiderte er, »es gibt für unterschiedliche Befunde unterschiedliche Behandlungsmöglichkeiten. Es könnte durchaus sein, dass wir nur den einen Eierstock entfernen müssen und fertig.« »Aber auch das« - ich spürte, wie mir die Tränen den Hals zuschnürten -, »kann man es nicht verhindern? Einen Eierstock verlieren ist wie - ein Auge verlieren oder ein Ohr.« Er sah mich verächtlich an. »Machen Sie sich nicht lächerlich«, sagte er, »das kann man wirklich nicht vergleichen.« Er hatte Recht. Man konnte es nicht vergleichen. Man hätte es mit etwas anderem vergleichen müssen. Aber dazu hatte ich nicht den Mut, nämlich zu ihm zu sagen: »Wären Sie damit einverstanden, wenn man Ihnen einen Hoden entfernen wollte?« Leider nehme ich auch noch in der größten Verzweiflung Rücksicht auf andere. Also saß ich nur da und weinte. Jedoch habe ich mich meiner Tränen nie weniger geschämt als in diesem Moment. Er tröstete mich nicht.

»Wie viele Frauen haben Eierstockkrebs?«, fragte ich. »Wir haben so zwei bis drei Fälle im Jahr«, antwortete er. Fälle. Ich war also ein Fall. Womöglich auch noch ein interessanter. An dem man etwas Neues lernen oder beobachten konnte. Vielleicht freuten sie sich sogar, so einen Fall zu haben. Vielleicht war ich etwas Besonderes. Stationsbekannt schien ich ja zu sein, das hatte ich schon bemerkt. Ich fragte ihn noch, bei wem ich seiner Meinung nach eine zweite Meinung einholen könnte. Schließlich hatte er selbst mich auf diese Idee gebracht. Er zählte einige Namen auf, darunter jenen eines Innsbrucker Primars. Ich beschloss, mit diesem Kontakt aufzunehmen.

Eine Krankenschwester rief mich. Die nächste Untersuchung stand an. Danach wurde mir in einem Zimmer ein Bett zugewiesen. Erst in zwei Stunden würde Klaus kommen und mich abholen. Ich legte mich ins Bett - und weinte. Ich war so verzweifelt. Eine Schwester kam und fragte mich etwas. Sie sah, dass ich weinte, sagte aber nichts. Hätte sie etwas sagen sollen?

Als Klaus kam, erzählte ich ihm von meinem Gespräch mit Dr. Z. Ich wollte, dass *er* noch einmal mit ihm redete, ihm meine Verzweiflung klarmachte. Es ging mir einfach nicht in den Kopf, dass man hier so nüchtern mit meiner möglichen Kastration umging. Dass es wirklich keine andere Lösung geben sollte. Mir ging das alles viel zu schnell und zu glatt.

Klaus sprach also mit Dr. Z. Aber auch bei diesem Gespräch kam nichts heraus. Dr. Z. verlor langsam die Geduld. Ich solle doch endlich einsehen, dass diese Maßnahmen notwendig seien. Dass ansonsten nicht nur meine Organe, sondern auch ich selbst bald auf dem Friedhof läge. Überhaupt könne er die ganze Aufregung nicht nachvollziehen. Schließlich gäbe es ja noch die Möglichkeit der Adoption. Er selbst habe auch zwei adoptierte Kinder.

Eine Schwester kam, um ihn zu holen. Sie bekam den letzten Teil des Gespräches mit. Mir war das unangenehm. Es war schließlich ein sehr persönliches Gespräch. Ich gab auf.

ES WURDE ZEIT, es meiner Mutter zu sagen. Unser Verhältnis ist nicht besonders innig, sodass ich ihr von meinen Problemen erst erzähle, wenn mir das Wasser bis zum Hals steht. Dieser Augenblick schien nun gekommen. Sie würde enttäuscht sein. Ich war jenes ihrer vier Kinder, das ihr noch am ehesten Hoffnung auf ein Enkelkind verlieh.

Tatsächlich war sie sehr erschrocken und betroffen über diese

Nachricht. Und auch sie wollte wissen, ob es denn keine andere Lösung gäbe. In der heutigen Zeit erfährt man so viel über medizinische Meisterleistungen, und hier sollte nur die Kahlschlagmethode möglich sein? Es tröstete mich, dass auch sie so reagierte. Denn im Krankenhaus schien man mich ja schon als hysterisch abzustempeln. Wie konnte eine Patientin nur so ein Drama machen, in einem Fall, wo die Überlebenschancen so hoch waren und man ja ›nur‹ die Fortpflanzungsorgane entfernen musste!

Drei Tage später fuhren wir nach Wien. Auch das war schon lange geplant. Klaus' Schwester hatte Sponsion und wir würden die ganze Familie in Wien treffen. Wir beschlossen, meinen Schwiegereltern nichts von meinem Unglück zu erzählen. Es wäre einfach nicht der richtige Moment gewesen. Die Sponsionsfreude sollte nicht getrübt werden. Und vielleicht ging die Sache ja glimpflich aus – ich hatte mich damit abgefunden, den Verlust nur eines Eierstocks als ›glimpflich‹ anzusehen –, dann hätten sie sich nur unnötige Sorgen gemacht.

Am Bahnhof löste eine Frau mit ihren zwei Töchtern Karten. Die beiden blonden Mädchen mochten um die acht und zehn Jahre alt gewesen sein. Wie beneidete ich diese Frau um ihre Kinder! Wie reich sie doch war! Ich würde in wenigen Wochen keine Frau mehr sein, sondern nur mehr ein Neutrum mit den äußerlichen Anzeichen einer Frau. Nie hatte ich mir Gedanken über meine Fortpflanzungsorgane gemacht, sie waren eine Selbstverständlichkeit gewesen, hatten untrennbar zu mir gehört. Nun musste ich auf so schmerzliche Art erfahren, dass nichts selbstverständlich ist. Ich war sehr traurig.

Bei den Feierlichkeiten in Wien riss ich mich zusammen und schaffte es, mich wenigstens für Minuten abzulenken. Niemand bemerkte meine Verzweiflung. Das war mir auch lieber so.

Dr. A., mein Operateur

Kaum zurück, musste ich wieder ins Krankenhaus. Die letzte Untersuchung stand an, die Darmspiegelung. Diesmal hatte ich vier Liter von diesem Zeug getrunken und es hatte gewirkt. Ich saß eine Stunde auf dem Klo und mein Darm gab wirklich alles her, was in ihm steckte. Im Krankenhaus musste ich mich seitlich auf einen Tisch legen. Dann wurde mein Darm aufgeblasen und der Arzt führte einen langen Schlauch ein, an dessen Spitze eine Minikamera befestigt war. Auf einem Bildschirm konnte ich die Reise in meinen Darm mitverfolgen.

Am Anfang war alles sehr aufregend und interessant. Der Darm ist tatsächlich ein langes rotes, verwinkeltes Rohr. Wir drangen immer weiter vor. Dann aber hörte der Spaß auf. Es fing an, wehzutun. Erstens tat die viele Luft weh, die mir ständig in den Darm geblasen wurde – es fühlte sich an wie starke Blähungen –, und zweitens schien der Arzt Probleme zu haben, mit der Sonde vorzudringen. »Da ist etwas im Weg«, sagte er, »ich komme nicht weiter.« Er versuchte es und versuchte es, aber es ging nicht. Ich fing an zu stöhnen, hielt die Schmerzen nicht mehr aus. Eine Krankenschwester unterstützte ihn bei seinen Bemühungen, aber ohne Erfolg. Sie nestelten in meinen Gedärmen herum, der Arzt fluchte. Meine Schmerzen nahmen immer mehr zu, ich konnte nicht anders als nur mehr zu stöhnen und zu wimmern. Sie nahmen keine Notiz von mir. Obwohl in dem Informationsblatt, das ich zu dieser Untersuchung erhielt, gestanden hatte, dass der Patient auf Wunsch eine schmerzstillende Injektion bekommt, wurde ich nicht einmal danach gefragt. Und ich selbst hoffte ständig, dass die Untersuchung bald vorüber war, sich die Injektion also gar nicht lohnte.

Der Arzt gab auf. Er zog die Sonde wieder heraus. »Ich muss etwas anderes versuchen«, sagte er. Er erklärte mir, dass er nun einen dünneren Schlauch einführen würde, einen, der normalerweise bei Kindern verwendet wird. Denn bei mir gäbe es ein Hindernis, das von außen auf den Darm drückte und ihn fast verschloss. Das war wohl die Zyste. Mit dem dünneren Schlauch ging es besser. Diesmal kam er weiter. Es tat etwas weniger weh, war aber immer noch sehr, sehr unangenehm. Plötzlich hatte ich das Gefühl, dass er jetzt meinen Magen erreicht hatte. Ich musste mich übergeben. Ich habe mich selten so elend gefühlt. Was sich auf dem Bildschirm abspielte, interessierte mich schon lange nicht mehr.

Endlich war die Tortur vorüber. Der Arzt erklärte mir noch, dass der Darm bis auf dieses Hindernis in Ordnung sei. Und riet mir, etwas gegen meine offensichtlich chronische Verstopfung zu tun. Ich schleppte mich aus dem Behandlungszimmer.

Zunächst ging ich ins Café und trank einen Fruchtsaft, um wieder zu Kräften zu kommen. Essen konnte ich noch nichts, obwohl ich total ausgehungert war. Dann ging ich wieder in die Gynäkologie. Ich wusste, dass Dr. Z. an diesem Tag nicht da war, wollte aber, dass mir jemand das Ergebnis der Mammographie mitteilte. Irgendein Arzt würde sich wohl finden. In der Abteilung sprach ich die nächstbeste Krankenschwester an. Aber noch bevor ich mein Anliegen vorbringen konnte, sagte sie: »Dr. A. erwartet Sie schon. Im Untersuchungszimmer am Ende des Ganges.« Wer war Dr. A.? Und warum erwartete er mich? Ich wurde neugierig.

Dr. A. saß am Schreibtisch und hatte meine Krankengeschichte vor sich liegen. Er stellte sich vor und eröffnete mir, dass er mein Operateur sei, die Operation finde nächsten Donnerstag statt. Nächsten Donnerstag? Das war schon in einer Woche! »Ich dachte, der Primar wird mich operieren«, sagte ich. Er schaute auf eine Liste. »Auf dem Kalender bin ich für nächsten Donnerstag eingetragen«, erwiderte er. Mir war es egal. Ich kannte den Primar nicht und ich kannte ihn nicht, es war also einerlei, wer mich operierte. Und dieser Arzt hatte ein schalkhaftes Lächeln und ein lustiges Augenzwinkern. Er gefiel mir.

Wir gingen die ganze Sache noch einmal durch. Er stellte mir die verschiedenen möglichen Szenarien vor und erklärte, dass die Operation vom Stadium des Krebses abhing, das man vorfinden würde. Ob die bösen Zellen sich nur in der Zyste befanden und mit dieser entfernt werden konnten oder ob sie bereits ausgetreten waren. Und auch dann gäbe es noch verschiedene Möglichkeiten, wie weiter vorzugehen sei. Im allerschlimmsten Fall müsse man die beiden Eierstöcke samt Eileitern, die Gebärmutter, den Blinddarm, das sogenannte Netz und die Lymphbahnen entfernen, im besten Fall - wenn der Tumor gutartig war - nur den einen Eierstock.

Ich trug ihm meine Ängste vor. Mein großes Bedauern darüber, die Möglichkeit des Kinderkriegens vielleicht zu verlieren, gerade jetzt, wo ich es ernsthaft hatte anpacken wollen. Meine große Furcht vor den psychischen Folgen einer Kastration. Und ich rang ihm das Versprechen ab, nur im äußersten Notfall zu den äußersten Mitteln zu greifen. Er erklärte mir, dass sich in dieser Hinsicht in den vergangenen Jahren in der Operationspraxis einiges geändert habe. Während man früher aus Sicherheitserwägungen leichter zur Totaloperation neigte, stehe heute die Organerhaltung im Vordergrund. Das tröstete mich. Überhaupt schaffte es dieser Arzt, mir einen großen Teil meiner Angst zu nehmen. Er schien unendlich viel Zeit zu haben, ließ alle meine Fragen zu und gab mir immer das Gefühl, die Situation noch selber im Griff zu haben. Wir diskutierten über eine Stunde lang. Ich war immer noch ganz aufgebläht von der Darmspiegelung und dann und wann entfuhr mir ein Windchen. Das war mir peinlich. Hoffentlich bemerkte er es nicht!

»Kann man denn nicht durch eine Gewebeprobe die Art des Tumors feststellen?«, fragte ich. »Das ist zu riskant«, antwortete er, »die Gefahr, dass beim Anstechen der Zyste bösartige Zellen austreten, ist zu groß.« Er erklärte mir noch die Operationsweise, den Unterschied zwischen Bauchspiegelung und Bauchschnitt. Bei der Bauchspiegelung wird nur ein kleiner Schnitt in den Unterleib gemacht und dann endoskopisch operiert. Der Bauchschnitt dagegen führt zu einer großen Narbe, dafür kommt man besser an die betroffenen Organe heran. Ich gab ihm die Erlaubnis zum Bauchschnitt. Ästhetische Bedenken hatte ich keine. Ich trage schon seit Jahren keinen Bikini mehr (obwohl ich es mir leisten könnte!), eine Narbe am Bauch würde mich also nicht weiter belasten. Wenn nur meine Organe verschont blieben!

Ich teilte Dr. A. schließlich noch mit, dass ich für kommenden Montag einen Termin beim Primar in Innsbruck hatte und dass von dessen Ergebnis abhing, ob ich mich tatsächlich operieren lassen würde. Auch in diesem Punkt war er sehr entgegenkommend. Er ging mit mir ins Sekretariat und setzte dort durch, dass ich mit meiner Zustimmung zur Operation bis Dienstag Früh warten konnte. Bis dahin würde mir der Termin reserviert.

Ich hatte mich mit wachsender Begeisterung mit diesem Arzt unterhalten. Nach dem Gespräch war ich sehr erleichtert. Und zuversichtlich. Meine lähmende Angst hatte nachgelassen, obwohl natürlich auch er nicht garantieren konnte, dass alles gut ging. Auf der Nachhausefahrt schwärmte ich Klaus von Dr. A. vor. »In den könnte ich mich glatt verlieben«, sagte ich. »Untersteh dich«, antwortete er.

AM MONTAG Fahrt nach Innsbruck. Ich hatte die Krankengeschichte mit allen bisherigen Untersuchungsergebnissen dabei. In der Klinik mussten wir ziemlich lange warten und ich wurde zunehmend nervöser. Was erhoffte ich mir von diesem Besuch eigentlich? Dass dieser Arzt die Operation für überflüssig erklären würde? Dass er zu einem anderen Befund käme? Ich glaubte nicht wirklich daran. Eigentlich wollte ich nur mein Gewissen beruhigen, mir später sagen können, dass ich nichts unversucht gelassen hätte, um meinem Schicksal zu entrinnen.

Ich wurde zum Ultraschall gerufen. Der Arzt dort war sehr nett. Aber er entdeckte natürlich auch nur die Zyste und meinte, dass sie wohl herausoperiert werden müsse. Dann wieder warten. Endlich kam ich dran. Der Primar begrüßte mich und vertiefte sich sofort in die mitgebrachte Krankengeschichte. Auch er schien kein Freund großer Worte zu sein. Er betrachtete noch das Ultraschallbild und bat dann, mich untersuchen zu dürfen. Er fuhr mit einem Gerät in die Scheide, tastete mich gründlich ab ... Es kam nichts Neues heraus. Auch er tippte auf Eierstockkrebs. Meine letzte Hoffnung zerbröselte wie nichts. »Kommt Eierstockkrebs oft vor?«, fragte ich noch mit schwacher Stimme, ohne zu wissen, welchen Trost ich in der Antwort finden sollte. »O ja«, antwortete er, »immer wieder und durchaus auch im jugendlichen Alter.« Er fragte noch, wann die Operation stattfinde. Mit den besten Grüßen an seine Südtiroler Kollegen entließ er uns schließlich wieder. Wie geprügelte Hunde schlichen Klaus und ich aus dem Sprechzimmer hinaus.

Ich musste endlich einsehen, dass ich um die Operation nicht herumkam. Ich resignierte völlig. Noch von Innsbruck aus rief ich im Krankenhaus an und bestätigte den Operationstermin. Man teilte mir mit, dass ich am Mittwoch Früh im Krankenhaus erscheinen müsse. Mir war alles recht.

DIE HEIMFAHRT war schrecklich. All die Zuversicht, die mir Dr. A. vermittelt hatte, war dahin. Es würde ein bösartiger Tumor sein. Meine Stimmung war auf dem totalen Nullpunkt angelangt, ich war nicht mehr ansprechbar.

Erst Tage nach der Operation flatterte mir die Rechnung aus Innsbruck ins Haus. ›Verdacht auf Ovarialtumor‹ stand in dürren Worten darauf. Aber zu diesem Zeitpunkt berührte mich das glücklicherweise nicht mehr.

Die Operation

Adieu, lieber Eierstock! Es fällt mir schwer, dich ziehen zu lassen. 32 Jahre lang warst du ein Teil von mir, ein treuer stiller Gefährte, nicht wahrgenommen und trotzdem da. Habe ich etwas falsch gemacht? Etwas versäumt? Wäre es anders gekommen, wenn ich im Sommer den Kontroll-Ultraschall hätte machen lassen? Bin ich zu locker mit meiner Gesundheit umgegangen? Und wo kommt sie bloß her, diese Zyste? Taucht aus dem Nichts auf und zerstört mir ein Organ. Einfach so. Unbemerkt. Es ist sehr schade, dass es so gekommen ist. Und ich habe Angst. Ist es denn wirklich Krebs? Muss ich um mein Leben fürchten?

Und die Operation – wie wird sie ausgehen? Wenn sie mir alles herausschneiden, dann werde ich drei Wochen lang nur mehr im Bett liegen und weinen. Dann soll mich niemand besuchen kommen. Denn ich kann nicht getröstet werden. Und Mitleid brauche ich sowieso keines. Daher habe ich fast niemandem von der Operation erzählt, auch meinen besten Freundinnen nicht. Sie sollen nicht wissen, dass ich keine ganze Frau mehr bin, wenigstens nicht gleich.

An die 60 : 40-Version des Primars glaube ich nicht. Das ist nur der klassische Beruhigungswert: 60, damit man sich eher zu den Gewinnern zählt, 40, damit der Arzt immer noch sagen kann: »Ja, bei einer Wahrscheinlichkeit von 40 Prozent muss man schon mit einem schlechten Ausgang rechnen.«

Am Mittwoch war ich pünktlich in der Früh in der Klinik. Ich gab die Urinproben ab, dann wurde mir Blut abgenommen. Ich bekam ein Bett in einem Vier-Bett-Zimmer zugewiesen und eine Menge Papier in die Hand gedrückt: eine Info-Broschüre über das Krankenhaus, einen Fragebogen zum Ausfüllen für den Anästhesisten, ein Einwilligungsblatt zur Bluttransfusion usw. Ich räumte mein Zeug in den Schrank, zog mich aus und legte mich ins Bett. Bis zu Mittag passierte nichts mehr. Dann kam Dr. A. Ich erzählte ihm von Innsbruck und dass dort nichts Neues herausgekommen war. Er sagte, dass er am Nachmittag noch einmal alle Details besprechen wolle. Mein Mann solle bei diesem Gespräch dabei sein. Den Zeitpunkt könne ich bestimmen, er habe sich den ganzen Nachmittag dafür reserviert.

Um halb drei Uhr setzten wir uns zu dritt zusammen. Dr. A. erklärte alles genau. Klaus und ich stellten viele Fragen. Viele Entscheidungen mussten wir selbst übernehmen. Jeder Schritt musste im Vorhinein besprochen und entschieden werden, denn ohne meine Einwilligung durfte der Operateur gewisse Dinge nicht tun. Die Zustimmung zur Operation musste ich sowieso schriftlich geben. Eine Neuigkeit, und zwar eine beunruhigende, hörten wir jetzt zum ersten Mal. Wenn es sich tatsächlich um einen bösartigen Tumor im fortgeschrittenen Stadium handelte, dann wäre es mit der Totaloperation noch nicht getan. Dann würden noch Monate mit Chemotherapie folgen. Und es müsste ständig beobachtet werden, ob der Krebs nicht wiederkam. Oh Gott! Das hatte ich nicht gewusst. War mein Leben also tatsächlich in Gefahr? Ich konnte das nur zur Kenntnis nehmen. Emotional berührte es mich nicht. Für mich war der Gedanke der möglichen Kastration immer noch so katastrophal, dass er meine ganze Gefühlswelt beherrschte. Für Angst um mein Leben war da kein Platz mehr.

Wir sprachen auch über Organerhaltung, etwa, dass nur die Eierstöcke, nicht aber die Gebärmutter entfernt würde. Das hätte die Möglichkeit geboten, über eine Eizellspende doch noch ein Kind auszutragen. Ich überlegte kurz. »Aber das wäre ja dann nicht dein Kind«, sagte Klaus. Und ich: »Aber wenigstens wäre es deines.« »Das ist mir zu wenig«, antwortete er, »da adoptieren wir lieber eins.« Wir verwarfen diese Möglichkeit also wieder. Auch das musste ich schriftlich geben.

Über zwei Stunden lang sprachen wir mit Dr. A. Und auch diesmal verfehlte seine beruhigende Art nicht ihre Wirkung auf mich. Ich hatte das Gefühl, diesem Arzt vertrauen zu können. Er würde nichts tun, was ich nicht wollte. Das gab mir Kraft.

Die Nacht vor der Operation. Glücklicherweise konnte ich ein bisschen schlafen. Aber schon um fünf Uhr ging es los. Eine Krankenschwester gab mir eine Spritze. Dann musste ich Stützstrümpfe anziehen, gegen Thrombose, die ich bis fünf Tage nach der Operation nicht mehr ausziehen durfte. Ich ging auf die Toilette. Die Schwester schimpfte. Ich hätte jetzt nicht mehr aufstehen dürfen. Dr. Z. hatte Nachtdienst. Ich traf ihn auf dem Gang. »Wie geht 's?«, fragte er. »Den Umständen entsprechend«, antwortete ich. Er wünschte mir Glück.

Je schwerer die Operation, desto früher kommt man dran. Ich war die Erste an diesem Morgen. Auf einem Bett mit Rollen wurde ich von einem kräftigen Pfleger in den OP gebracht. ›Todesengel‹ nannte ich ihn unwillkürlich in Gedanken. Merkwürdig, wenn man so durch die Gänge geschoben wird. Man fühlt sich schon richtig krank. Im OP wurde ich zunächst rasiert, dann wurde mir ein Katheter angelegt. Die Schwestern waren sehr nett. Immer wieder fragten sie nach, ob es so recht wäre, ob das Wasser zu heiß oder zu kalt, ob alles in Ordnung sei. Alle sahen gleich aus, denn alle trugen eine grüne Plastikhaube, einschließlich mir. Erkennen konnte ich sowieso niemanden, denn ich durfte meine Brille nicht tragen. Der Anästhesist kam und legte mir den Tropf an. Dann warten. »Hallo Maria, erkennst du mich?« Eine OP-Schwester sprach mich an. Ich erkannte sie an der Stimme. Es war eine Jugendfreundin. Wir hatten uns schon seit Jahren nicht mehr gesehen. »Bist du hier Krankenschwester?«, fragte ich. »Ja«, antwortete sie, »und ich werde bei der Operation dabei sein. Ich wünsche dir alles Gute.« Beruhigend, eine Bekannte in der Nähe zu haben. »Guten Morgen«, tönte plötzlich eine gut gelaunte Stimme über mir. Dr. A. war gekommen. Er beugte sich dicht über mich - er war selbst Brillenträger und wusste, dass ich sonst nichts erkennen würde. »Gut geschlafen?« »Ja, danke. Sie auch?« Ich fand es wichtiger, dass *er* gut geschlafen hatte. »Ausgezeichnet. - Dann lassen wir 's losgehen.« Meine Bekannte rief mir etwas zu, er schloss daraus, dass wir befreundet waren, und wollte wissen, woher wir uns kannten. Es ging alles recht locker und lustig zu. Gerne hätte ich mit den anderen mitgeschäkert, doch - obwohl Hauptperson in diesem Theaterstück - in wenigen Minuten würde ich nichts mehr vom ganzen Geschehen mitbekommen. Ich wurde auf den OP-Tisch gehievt, über mir eine Lichtorgel, auf die jede Disko stolz gewesen wäre. Der Anästhesist ließ langsam das Betäubungsmittel einfließen. Ich schloss die Augen. Während ich müder und müder wurde, schickte ich noch ein Stoßgebet zum Himmel. Wenn ich aufwachte, würde schon alles entschieden sein. Plötzlich spürte ich, dass an meinem Unterleib herumhantiert wurde. Ich bekam furchtbare Angst, dass man bereits schneiden würde, wenn ich noch bei Bewusstsein war. Ich wollte etwas sagen, aber ich war nicht mehr dazu fähig, weder den Mund zu öffnen noch den Kopf zu bewegen. Dann war ich weg.

»FRAU HECHENSTEINER, sind Sie wach?« Eine sanfte Krankenschwesterstimme strich über mein rechtes Ohr. Ich konnte nur nicken. »Sie können beruhigt sein. Es ist alles gut gegangen!« Gut gegangen. Ich atmete innerlich tief durch. Gut gegangen. Ich war also noch eine ganze Frau. Meine Fortpflanzungsorgane waren noch da. Ich war so glücklich. Jetzt konnte ich mich endlich entspannen!

Wie ich wieder ins Krankenzimmer kam, weiß ich nicht. Ich war noch völlig erschöpft. Klaus war da. Er wusste schon alles. Wir redeten nicht viel. Ich lächelte nur. Zu mehr hatte ich nicht die Kraft.

DIE ERSTEN 24 Stunden nach der Operation waren eine Qual. Ich konnte mich nicht rühren. Jede kleinste Bewegung verursachte Schmerzen. Ich musste also immer unbeweglich auf dem Rücken liegen. Schlimmer aber war, dass ich in einem Vier-Bett-Zimmer lag. Die Frau im Bett gegenüber war nach mir operiert worden. Wir hätten beide absolute Ruhe gebraucht. Unsere beiden anderen Zimmergenossinnen aber waren wohlauf. Sie bekamen Besuch und redeten lautstark. Es fiel ihnen nicht im Traum ein, den Raum zu verlassen. Es wies sie aber auch niemand darauf hin. Obendrein war die Zimmertür offen, sodass auch von draußen Geräusche hereindrangen. Jeder lautere Ton war wie ein Hammerschlag auf den Kopf. Dauernd läutete das Abteilungstelefon. Ich konnte nicht schlafen, obwohl ich total erschöpft und noch halb betäubt war.

Am nächsten Tag ging es schon wesentlich besser. Wenigstens konnte ich mich ein bisschen bewegen. Dr. A. schaute vorbei. »Na, wie geht 's unserem Christkind?« Es war nicht mehr lange bis Weihnachten und der Ausgang der Operation war tatsächlich das schönste Weihnachtsgeschenk für mich gewesen. So strahlte ich wohl wie das Christkind höchstpersönlich. Zugegeben, ein bisschen himmelte ich auch ihn an. Am Nachmittag wurde der Katheter entfernt und am Abend war ich schon wieder so weit, es, zwar mit Mühe und von Klaus gestützt, bis zum Telefon im Gang zu schaffen, von wo aus ich meine Eltern anrief.

Am Tag darauf wurde der Verband gewechselt. Ich wagte nicht, auf meinen nackten Bauch zu sehen. Der Anblick der Narbe machte mir Angst. Die Schmerzen bei der Bewegung waren noch da, aber sie ließen nach. An diesem Tag machte ein Arzt Visite, der bei meiner Operation assistiert hatte. Er studierte die Unterlagen. Dann sah er mich an. »Mädchen, Mädchen«, sagte er eindringlich und es fehlte nicht viel, dass er den Zeigefinger hob, »sehen Sie zu, dass Sie bald schwanger werden. Warten Sie nicht ab, sonst wird es schwierig.« Ich verstand zwar nicht, warum jetzt Eile geboten war, aber mit der Aufforderung war ich voll einverstanden. »Ich werde sehen, was sich machen lässt«, sagte ich gönnerhaft.

Am Sonntag war ich wieder wohlauf und konnte gerade stehen und gehen, nicht mehr gebeugt wie ein altes Weiblein. Ich fing an mich zu langweilen. Ungeduldig erwartete ich den Montag, an dem Dr. A. wieder da sein und mir endlich Genaueres über die Operation erzählen würde.

Endometriose

Ich durfte mich wieder zu Dr. A. ins Sprechzimmer setzen. Neugierig rutschte ich auf dem Sessel hin und her. »Es war kein Tumor, es war eine Endometriose«, eröffnete Dr. A. das Gespräch. Endometriose. Wieder ein Wort, das ich noch nie gehört hatte. »Bei einer Endometriose wandert Gewebe der Gebärmutterschleimhaut über die Eileiter in den Bauchraum und siedelt sich an den dortigen Organen an. Wie die Schleimhaut der Gebärmutter baut sich dieses Gewebe mit den Hormonen des Monatszyklus auf und wieder ab und blutet während der Menstruation. Daher leiden überwiegend Frauen im fruchtbaren Alter an dieser Krankheit. Mit den Wechseljahren verschwindet sie meist von alleine wieder. Diese Gewebeabsiedelungen werden im Laufe der Monate und Jahre immer größer und bilden Zysten. Sie hatten eine große Zyste am linken Eierstock, aber wir haben noch eine Menge kleinerer im ganzen Bauchraum gefunden.« »Was haben Sie damit gemacht?«, fragte ich. »Die große haben wir samt Eierstock entfernt, da wäre sowieso nichts mehr zu machen gewesen, die kleinen haben wir teils herausgeschnitten, teils verdampft. Es war eine Riesenarbeit. Wir haben über drei Stunden gebraucht.« »Kann man Endometriose durch Ultraschall nicht erkennen?«, fragte ich. »Leider nein, da müssen die Zysten schon sehr groß sein. Kleine Herde sieht man nicht, auch weil sie sich farblich oft nicht vom restlichen Gewebe unterscheiden. – Sagen Sie«, fuhr er fort, »hatten Sie nie Schmerzen beim Geschlechtsverkehr?« »Nein«, antwortete ich. »Das ist nämlich ein häufiges Symptom bei Endometriose«, sagte er, »und natürlich eine schmerzhafte Regel.« »Die habe ich allerdings«, sagte ich, »seit Jahren schon ist fast jede Regel eine Katastrophe. Und zwar tun mir dann immer die Darmbewegungen so furchtbar weh.« »Das wundert mich nicht«, erwiderte Dr. A., »wir haben auch zwischen Gebärmutter und Darm einen ziemlich großen Endometrioseherd gefunden. Ich habe ihn so gut es ging entfernt, aber um den Darm nicht zu verletzen, konnte ich nicht zu radikal vorgehen. Das wäre Gegenstand einer eigenen

Operation.« »Und wie geht es jetzt weiter?«, fragte ich. »Nun, Ihre Fruchtbarkeit ist erhalten geblieben. Sie können jetzt also auch zwei oder drei Kinder haben«, antwortete er. »Allerdings kann Endometriose die Fruchtbarkeit einschränken. Ihr rechter Eierstock trug keine Zysten, aber auf dem rechten Eileiter waren kleine Herde vorhanden. Ich habe sie entfernt. Der Eileiter ist jedoch ein sehr empfindliches Organ. Seine Funktion kann leicht gestört werden. Bezüglich eingeschränkter Fruchtbarkeit reden Sie aber am besten mit Dr. Z.« »Was ist die Ursache von Endometriose?«, fragte ich. »Das wissen wir nicht«, seufzte er. »Es gibt verschiedene Theorien. Dass dieses schleimhautähnliche Gewebe aufgrund einer Störung in den Bauchraum gelangt, anstatt mit dem Regelblut abzufließen. Es gibt aber auch Leute, die meinen, das Gewebe wandert gar nicht, sondern entsteht bereits durch eine Fehlentwicklung in der Embryonalzeit. – Sie müssen auf jeden Fall lernen, mit dieser Krankheit zu leben. Es gibt auch Selbsthilfegruppen. Schauen Sie mal im Internet nach, da finden Sie sicher noch weitere Informationen und Tipps.«

Dann eröffnete mir Dr. A. noch Folgendes: Da sich mein Körper jetzt einmal von der Operation und von der Endometriose erholen müsse, empfehle er mir eine Hormontherapie von einem halben Jahr. Besser gesagt, eine Anti-Hormontherapie: Ich würde eine Spritze bekommen, die die Hormonproduktion und damit die Regel für ein halbes Jahr unterbände. Ich würde sechs Monate lang in eine Art künstliche Wechseljahre treten. Und natürlich würde ich in dieser Zeit auch nicht schwanger werden können. Ich war etwas enttäuscht. Hatte ich doch gehofft, mich jetzt, wo meine Fruchtbarkeit wiederhergestellt oder verbessert schien, endlich dem Schwangerwerden widmen zu können. Jetzt musste ich es wieder um ein halbes Jahr verschieben. Aber wenn der Arzt mir das riet, würde es wohl sinnvoll sein. Er machte mich noch auf die möglichen Wechseljahressymptome aufmerksam: Schweißausbrüche, Hitzewallungen, Schlafstörungen, Stimmungsschwankungen. Ich nahm sie zur Kenntnis.

Damit war unser Gespräch beendet. Und ich musste mich wieder in einer neuen Situation zurechtfinden. Zwar hatte ich nicht

Krebs, schien aber doch an einer chronischen Krankheit zu leiden. Komisch, ich kam mir überhaupt nicht krank vor. Außerhalb der Regel hatte ich ja keine Beschwerden. Und dass eine Krankheit Ursache für eine schmerzhafte Regel sein konnte, war mir auch neu. Das hatte mir noch kein Arzt gesagt. Aber – Dr. A. hatte die Zysten und Herde ja entfernt. War ich damit nicht geheilt? Ich merkte, dass ich noch einen großen Informationsbedarf hatte.

Am Mittwoch wurde ich entlassen. Körperlich war ich wieder total fit. Keine Schmerzen mehr, jede Bewegung war wieder möglich. Natürlich trug ich noch einen dicken Verband, dessentwegen ich schon am nächsten Tag wieder ins Krankenhaus musste zum Wechseln. Ich war für weitere fünf Wochen krankgeschrieben, Geschlechtsverkehr war für vier Wochen untersagt.

Aber noch bevor ich entlassen wurde, bekam ich die Spritze zur Einleitung der Wechseljahre. Sie wirkte zwölf Wochen lang. Anschließend musste ich mir eine neue verpassen lassen.

Zu Hause kam ich mir etwas verloren vor. Im Krankenhaus hatten sich alle rührend um mich gekümmert, Ärzte und Krankenschwestern waren sehr nett gewesen. Das Schöne am Kranksein ist wahrscheinlich, dass man wieder zum Kind wird, werden darf: Dauernd wird man gefragt, wie 's einem geht (nur nach der Operation war das nicht geschehen, dabei wäre es dort am nötigsten gewesen), die dümmsten Wünsche werden erfüllt, Besuch kommt und bringt Geschenke mit, man darf in der Nacht die Krankenschwester herausläuten und niemand schimpft, der Arzt kommt jeden Tag und sieht nach, wie 's einem geht ... Ja, irgendwie ist man der Star, wie ein Einzelkind unter lauter Erwachsenen. Jetzt aber war ich wieder zu Hause und natürlich die meiste Zeit allein.

Es war trotzdem eine schöne Zeit. Ich schlief sehr viel und spielte Klavier, las und sah fern. Hausarbeit machte ich keine, etwas übernahm Klaus, der Rest konnte warten. (Der Korrektheit halber muss ich hier anfügen, dass Klaus ohnehin gut 50 Prozent der Hausarbeit erledigt.) Meine Mutter kochte immer wieder mal für uns. Zu Weihnachten löste ich ein vor der Operation abgelegtes Gelübde ein und spendete der Kinderkrebshilfe eine beträchtliche Summe.

Ich surfte im Internet und holte mir Informationen über Endometriose. Ich kämpfte mich durch die Fachausdrücke und las alles so oft, bis ich es einigermaßen verstanden hatte. Dabei erfuhr ich auch, dass eine Operation diese Krankheit tatsächlich nicht heilt. Solange ich die Regel bekam, würden sich auch Zysten bilden können. Tödlich war die Krankheit nicht, aber sie konnte den Betroffenen größte Beschwerden bereiten.

Ich besuchte Internet-Foren und verließ sie erschreckt wieder, nachdem ich gelesen hatte, was so manche Frau an Schmerzen, Odysseen bei Ärzten, falschen Diagnosen, Operationen usw. durchgemacht hatte. Und es gab wirklich Frauen, denen die Endometriose nicht nur wie mir einen Eierstock zerstört hatte, sondern die im Laufe von mehreren Operationen alle Fortpflanzungsorgane verloren. Es gab auch Frauen, die Endometrioseherde an der Lunge oder sogar im Gehirn hatten! Ich beschloss, diese Foren nicht mehr aufzusuchen. Diese Geschichten machten mir zu viel Angst. Im Augenblick fühlte ich mich sicher: In den nächsten sechs Monaten würde die Krankheit nicht fortschreiten. Ich las aber auch – und das hatte mir Dr. A. auch gesagt: Eine Schwangerschaft wirkt sich sehr oft positiv in Bezug auf die Endometriose aus, ähnlich wie die Spritze, die ich bekommen hatte. Das zyklische Auf- und Abbauen der Gebärmutterschleimhaut wird neun Monate lang unterbrochen und die Endometrioseherde bekommen keine Nahrung mehr. Deshalb also die Empfehlung, möglichst bald schwanger zu werden!

Dr. A. hatte mich wieder an Dr. Z. verwiesen. Er war der Fruchtbarkeitsexperte. Das Schwangerwerden musste rechtzeitig organisiert werden! Dr. Z. wollte von Klaus ein Spermiogramm haben. Als ich es ihm brachte, war er nicht sehr begeistert: »Die Mobilität ist etwas eingeschränkt. Hm.« Ich sah ihn fragend an. »Hören Sie«, sagte er, »Sie wissen, dass Ihnen eine Schwangerschaft gut tun würde.« »Ja, das hat mir Dr. A. gesagt«, antwortete ich. »Und Sie wünschen sich ja tatsächlich ein Kind?« »Das wissen Sie doch!« »Es ist so: Natürlich könnten Sie auch spontan schwanger werden, aber das glaube ich nicht. Denn Sie haben Endometriose und die vermindert die Fruchtbarkeit. Ich habe auch meine Zweifel, ob Ihr rechter verbliebener Eileiter durchgängig ist, denn immerhin trug auch er Endometrioseherde. Noch dazu ist die Beweglichkeit der Samen Ihres Mannes eingeschränkt. Ich empfehle Ihnen daher IVF, eine In-Vitro-Fertilisation. Ich selbst würde sie durchführen.«

In-Vitro-Fertilisation, endlich einmal ein Wort, das ich schon kannte. Wenn auch nur mit vagen Vorstellungen. Da werden eben Ei- und Samenzelle künstlich zusammengeführt und dann der Frau wieder eingepflanzt. Ich dachte immer, das fände nur in ganz spezialisierten Zentren statt, zu denen man Hunderte Kilometer fahren musste. Ich wusste nicht, dass das auch in diesem Krankenhaus gemacht wurde, und dass Dr. Z. dafür zuständig war, hatte ich auch nicht gewusst, obwohl er schon seit Jahren mein Gynäkologe war. »Wie funktioniert IVF genau?«, fragte ich. »Zunächst wird die Eizellproduktion durch Hormonabgaben – in Form von Spritzen – künstlich stimuliert«, antwortete er. »Durch Ultraschall wird diese Entwicklung ständig überwacht.« »Sieht man denn die Eizellen im Ultraschall? Sind sie nicht viel zu klein?«, fragte ich. Ich hatte wirklich keine Ahnung. »Man sieht nicht die Eizellen, aber die Eibläschen, und diese enthalten die Eizellen. – Dann werden die Eibläschen, die Follikel, durch eine Punktionsnadel abgesaugt – das geschieht unter Narkose. Inzwischen muss der Mann eine Samenspende abgeben. Ei- und Samenzellen werden anschließend in einer Nährlösung zusammengeführt. Im Idealfall verschmelzen sie und die Befruchtung hat funktioniert. Dann werden die befruchteten Eizellen der Patientin wieder eingepflanzt. Das tut nicht weh und geschieht ohne Narkose. Sie können auch ein paar Stunden später wieder nach Hause gehen.«

Ich hörte staunend zu. Das war mir eine völlig fremde Welt. Ich hatte wohl manchmal von Paaren gehört, die IVF gemacht hatten, aber ich kannte keines von ihnen näher. Noch nie hatte ich mich mit diesem Thema auseinander gesetzt. Wie wohl für jede Frau, die keine Fruchtbarkeitsprobleme zu haben glaubt, war IVF für mich bisher nicht in Frage gekommen. Nein, das würde ich nie tun. Ich fand den Kinderwunsch solcher Paare völlig übertrieben, um nicht zu sagen, krankhaft. Jahrelang war mein Grundsatz gewesen: »Entweder es geht von alleine oder sonst soll 's halt nicht sein.« Sich einer solchen Prozedur zu unterziehen, ausgeschlossen!

Nun aber erfuhr ich erstens einmal, dass man dazu nicht weiß Gott wo hinfahren und sich wochenlang frei nehmen muss. Auch schien das Ganze gar nicht so kompliziert und aufwendig zu sein. Und es kostete nicht ein Vermögen, wie ich immer geglaubt hatte. Im Gegenteil, die ganze Behandlung und fast alle Medikamente waren kostenlos. Und schließlich wurde mir ja förmlich dazu geraten. Dr. Z. vergewisserte sich, dass Klaus und ich tatsächlich verheiratet waren; sonst war IVF nicht erlaubt. »Wie hoch ist eigentlich die Erfolgsrate bei IVF?«, fragte ich. »Sie liegt zur Zeit weltweit bei zirka 25 Prozent pro Versuch«, antwortete Dr. Z. »Nur 25 Prozent?« Ich war enttäuscht. Da musste man ja mit großen Misserfolgen rechnen! »Daher werden der Patientin auch mehr als nur eine befruchtete Eizelle eingepflanzt. Es ist höchst unwahrscheinlich, dass sich alle einnisten, aber natürlich muss ein Paar, das sich einer IVF-Behandlung unterzieht, auch mit Zwillingen oder Drillingen rechnen.« Zwillinge oder Drillinge! Ich fand das furchtbar aufregend! »Und Sie glauben, bei mir wird es funktionieren?«, fragte ich. »Sonst würde ich Ihnen nicht dazu raten«, antwortete er, »Sie sind noch jung ...« »Jung!«, unterbrach ich ihn, »in einem halben Jahr werde ich 33!« Aber dann verstand ich, was er meinte: Viele Frauen, die sich einer solchen Behandlung unterziehen, waren wohl um einiges älter als ich. Ich wollte mit ihm noch über das Thema Präimplantationsdiagnostik – also die Untersuchung der befruchteten Eizellen vor der Einpflanzung auf mögliche Krankheiten – diskutieren, aber darauf ging er nicht ein. »Das würde ich nie tun«, sagte er. »Überlegen Sie es sich«, schloss er das Gespräch, »sprechen Sie mit Ihrem Mann und teilen Sie mir Ihre Entscheidung mit.«

ICH ERZÄHLTE Klaus von dem IVF-Vorschlag. Er war nicht sehr begeistert. »Kann sich das nicht negativ auf deinen Körper auswirken?«, fragte er. Tatsächlich hatte ich gelesen, dass die Hormonstimulation bei IVF nicht nur die Eizellproduktion anregt, sondern genauso die Endometriose fördern kann, die sich ja von den gleichen Hormonen ernährt. Die ganze Prozedur birgt also die Gefahr in sich, dass statt einer Schwangerschaft wieder eine Zyste auftritt. Auch mir gab das zu denken. Aber ich sah keinen anderen Weg. Ich surfte im Internet und las irgendwo, dass bei Frauen mit Endometriose die Wahrscheinlichkeit, auf natürlichem Wege schwanger zu werden, bei 1,4 Prozent liegt. Heute kann ich über eine solche Information nur lachen. Es ist völlig unmöglich, einen Pauschalwert anzugeben, der für alle Endometriosepatientinnen gelten soll. Dafür äußert sich diese Krankheit viel zu individuell. Aber es ist halt nicht immer leicht, im

Internet zwischen seriösen und unseriösen Informationen zu unterscheiden. Als ich damals diesen Wert ›1,4 Prozent‹ las, glaubte ich, ohne IVF wirklich keine Chance zu haben. Dass mir nichts anderes übrig blieb, es sei denn, wir würden auf ein Kind verzichten. Aber mittlerweile ging es ja um mehr als nur um ein Kind. Es ging um meine Gesundheit. Und der tat eine Schwangerschaft angeblich sehr gut. Dr. Z.s Ziel war ja, dass ich von den Wechseljahren direkt in eine Schwangerschaft übertrat, sodass ich mindestens 15 Monate lang keine Regel bekam und der Körper so ausreichend Zeit hatte, sich von der Endometriose zu erholen. Das klang einleuchtend. Hatte ich also eine Wahl?

Klaus war trotzdem skeptisch. Sein Kinderwunsch war nicht so stark wie meiner und er hatte IVF gegenüber die gleiche Einstellung wie ich früher: viel zu aufwendig, übertrieben, ein Kind um jeden Preis, fanatische Möchte-Gern-Eltern, wo bleibt da die Natürlichkeit?

Aber mir zuliebe stimmte er zu.

Wechseljahre

Zwei Wochen nach der Operation, als wieder einmal der Verband gewechselt wurde, wagte ich zum ersten Mal einen Blick auf meinen Bauch. Ich erschrak ganz schön. Eine zirka 15 Zentimeter lange Narbe zog sich vom Schambein herauf bis zum Nabel und umschloss ihn hakenförmig. Unten war sie gut zwei Zentimeter breit, dann wurde sie immer schmaler. Sie war dunkelrot und noch etwas blutig und an manchen Stellen trat eine farblose Flüssigkeit aus. Oben und unten lugten die Enden des Fadens, mit dem genäht worden war, heraus. Diese Enden wurden dann abgeschnitten, der restliche Faden löste sich von alleine auf. Kein schöner Anblick, diese Narbe. Aber man versicherte mir, dass sie mit der Zeit immer blasser würde und sich bald kaum mehr von der restlichen Haut unterscheide. Ich musste sie jeden Tag mit einer Creme einschmieren.

Eineinhalb Monate nach der Operation hatte ich eine Kontrollvisite bei Dr. A. Wir sprachen über die Endometriose. Mit Enttäuschung musste ich zur Kenntnis nehmen, dass die Krankheit durch die Operation weder geheilt noch gestoppt wurde (eine Operation kann sogar die Bildung neuer Herde verursachen) und dass es auch keine wirksamen Methoden gab, ihren Verlauf zu überwachen, denn sie ist weder über einen Test nachweis- noch über Ultraschall sichtbar – außer die Herde sind schon sehr groß. Aber manchmal können auch kleine Herde große Beschwerden verursachen. Wie sich die Krankheit bei mir weiterentwickeln würde, konnte nicht vorausgesagt werden. Es gab Frauen, die nach der Operation keine Beschwerden mehr hatten, und andere, die schon nach einem Jahr erneut operiert werden mussten.

Die Unberechenbarkeit dieser Krankheit belastete mich sehr. Schon bald stellte sich eine ganz konkrete Angst ein, nämlich dass meinen rechten Eierstock dasselbe Schicksal ereilen könnte wie den linken: keine Beschwerden – und plötzlich von einer Zyste überwuchert, nicht mehr funktionsfähig, tot. Dann, ja dann wäre ich wirklich unfruchtbar.

Langsam stellte sich wieder das Alltagsleben ein. Ich stürzte mich in die Arbeit und in eine Menge anderer Aktivitäten. Ich wollte die hässlichen Wochen vergessen, die hinter mir lagen, wollte meine Krankheit vergessen und wieder ein normales Leben führen. Die Hormontherapie bereitete mir glücklicherweise nicht die geringsten Schwierigkeiten: keine Spur von Wechseljahresbeschwerden, nichts. Im Gegenteil. Sechs Monate keine Regel, sechs Monate keine Schmerzen, kein Fieber, immer gesund und munter. Ich genoss diese Zeit sehr. Es war eine Zeit des unruhigen Glücks und der freudigen Erwartung. Was würde wohl in den nächsten Monaten auf mich zukommen?

Ich hatte Dr. Z. unsere Entscheidung mitgeteilt. Er sagte, ich solle mich acht Wochen vor Ablauf der Wechseljahresfrist wieder bei ihm melden.

Die Entscheidung für IVF war nicht leicht gewesen. Denn eines war der körperliche Aspekt. Zu diesem trat aber nun der ethische hinzu. War es wirklich richtig, einen Menschen »ins Leben zu reißen«? Der Natur, die es nicht zugelassen hätte, ein Schnippchen zu schlagen? Durften wir mit einem Trick einem Menschen zu seiner Existenz verhelfen? Die Befürworter argumentieren damit, dass IVF nur ein Mittel zur Verbesserung der Lebensqualität sei, so wie eine Brille, ein Bypass oder eine Schmerztherapie. Doch meiner Meinung nach hinkt dieser Vergleich. Denn bei IVF geht es nicht nur um mich selbst, da ist auch ein anderer Mensch im Spiel. Darf ich über diesen Menschen wirklich in dieser Weise verfügen?

Die ganze Auseinandersetzung mit dem Thema ›Kind bekommen‹, die ich schon eineinhalb Jahre vorher glaubte abgeschlossen zu haben, tauchte nun mit einer neuen Dimension wieder auf. Und versetzte mich wieder in ein Dilemma. Würde ich überhaupt eine gute Mutter sein? Würde ich die Entscheidung für IVF später vor meinem Kind rechtfertigen können? Es gab Momente, da machten mich diese Grübeleien unendlich müde. Ich wollte nicht mehr. Ich hatte das alles schon hundertmal durchgekaut. Dennoch ließen mich diese Gedanken und manchmal auch die Zweifel nicht mehr los. Dann wurde ich wieder egoistisch und dachte: »Die Schwangerschaft tut *mir* gut, das ist Grund genug, sie einzugehen.« Aber wohl fühlte ich mich bei diesem Gedanken nicht.

Ende März fuhren wir für eine Woche nach Tunesien. Ich genoss diesen Urlaub. Erholte mich dabei vom Operationsstress und tankte Kraft für die nächsten Monate, von denen ich immer noch nicht genau wusste, was sie mir bescheren würden.

Wieder zu Hause, war es Zeit, mich wegen IVF bei Dr. Z. zu melden. Er bestellte mich zu sich ins Krankenhaus. Als ich im Gang wartete, saßen zwei Frauen neben mir und unterhielten sich. Dabei bekam ich mit, dass eine von ihnen nun den vierten IVF-Versuch starten würde. Ich erschrak. Den vierten Versuch! Dreimal keinen Erfolg. Oh Gott, hoffentlich blieb mir das einmal erspart!

Ich kam dran. »Wie geht es Ihnen?«, fragte Dr. Z. »Ausgezeichnet«, antwortete ich und halb im Scherz: »Ich kann es gar nicht erwarten, in die Wechseljahre zu kommen.« Er lachte. »Zuerst müssen Sie aber noch ein Kind machen«, sagte er. Da er mich gut genug kannte, um zu wissen, dass ich mir alle nötigen und unnötigen Informationen selbst besorge, sagte er: »Sie wissen ja schon, wie alles funktioniert.« Ich war enttäuscht. Ich wusste wirklich schon alles, aber ich hätte es trotzdem gerne noch einmal mit ihm besprochen. Denn es war alles so furchtbar aufregend und Lesen und Internetsurfen ersetzen nun mal nicht das Gespräch mit dem Arzt. »Schauen wir also gleich wegen des Termins«, fuhr er fort und nahm einen Kalender. Ich teilte ihm mit, wann die 24 Wochen abliefen. An diesem Tag sollte ich mit den Hormonspritzen beginnen. Er stellte einen Berg Rezepte aus für die Medikamente, die ich mir besorgen sollte. Dazu noch die nötige Anzahl Spritzen. Die Injektionen sollte ich mir selbst verabreichen, in den Bauch hinein. »Das kann ich nicht«, sagte ich hilflos, »das habe ich noch nie gemacht.« »Das hat bis jetzt noch jede meiner Sterilitätspatientinnen geschafft«, antwortete er, »Sie als Akademikerin werden es auch noch zustande bringen.« Dieser Satz ärgerte mich. »Ich habe auf der Uni was anderes gelernt, als mir selber Spritzen zu geben«, murmelte ich. »Kommen Sie einmal in die Klinik und lassen Sie sich von einer Krankenschwester zeigen, wie es geht«, antwortete er. Er füllte ein Formular aus, in dem genau angegeben war, welche Hormone ich wann nehmen musste und wann der erste Kontroll-Ultraschall anstand. Auch teilte er mir mit, an welchen Tagen ungefähr ich mit der Punktion und mit dem Embryotransfer rechnen musste. »Wenn dieser Versuch nicht klappt«, – ich musste immer an die 25-Prozent-Erfolgsrate denken – »wann starten wir dann den nächsten?« »Warum sollte es nicht klappen?«, fragte er. »Na, bei einer Wahrscheinlichkeit von 25 Prozent muss man wohl auch mit einem Scheitern rechnen!« »Ja, dann wird der nächste wohl im August oder September sein.«

Wieder zu Hause, war ich sehr aufgeregt. Wenn die Daten so stimmten und es klappte, dann wäre ich bereits in etwas mehr als zwei Monaten schwanger. Ich hatte gedacht, dieser Prozess würde viel länger dauern. Aber bei mir lief es offenbar anders, weil mein Zyklus blockiert war und nicht erst ›downreguliert‹ werden musste wie bei anderen Patientinnen.

Ein paar Tage später holte ich in der Apotheke die Medikamente ab. Zufällig hatte ich einen Rucksack dabei und den brauchte ich auch. Schachteln über Schachteln mit Ampullen, Tabletten, dazu noch eine Packung Spritzen, ein Desinfektionsmittel, Watte. Ich baute das Ganze zu Hause vor Klaus auf. Er war beeindruckt. »Das alles braucht es, um ein Kind zu machen!«, rief er. »Ich wüsste da eine einfachere Methode.« Wir mussten lachen. Es war schon alles ganz schön verrückt.

Die nächsten Wochen krochen dahin. Ich konnte es nicht mehr erwarten, mit IVF zu starten, auch wenn mir vor den Spritzen etwas graute. Wir hatten beschlossen, dass Klaus sie mir verabreichen würde. Immerhin hatte er sich beim Militär zum Sanitätsoffizier ausbilden lassen. Eine Krankenschwester zeigte uns, wie es ging. So schlimm schien es gar nicht zu sein. Hoffentlich tat es nicht zu sehr weh.

IVF, erster Versuch

Es war genau einen Tag vor meinem 33. Geburtstag, als wir mit der Hormontherapie begannen. Niemand wusste von unserem IVF-Versuch, wir hatten beschlossen, es ganz für uns zu behalten. Klaus bereitete die Injektion vor. Es gab Ampullen mit einem kugelförmigen Pulver, das war das follikelbildende Hormon. Und dann gab es Ampullen mit einer Lösungsflüssigkeit. Es war genau vorgeschrieben, wie viele Kugeln in wie viel Flüssigkeit aufzulösen waren. Ich legte mich auf die Couch. Die Injektion musste subkutan in den Bauch gegeben werden, in der Nähe des Nabels. Klaus desinfizierte die Stelle und stach vorsichtig zu. Langsam ließ er die Flüssigkeit eintreten. Es brannte ein bisschen. Aber nach zwei Minuten war schon alles vorbei und ich konnte wieder aufstehen.

Das ging jetzt so fünf Tage lang. Mit der Zeit war mein Nabel ringförmig von roten Einstechpunkten umgeben. Manchmal stellte sich die Haut eine Zeitlang auf, weil die Flüssigkeit direkt daruntergespritzt war. Aber nach ein paar Stunden verging das wieder. Am Morgen des sechsten Tages musste ich zum Ultraschall. Dr. Z. fragte kurz, wie 's mir ging, dann schauten wir hinein. »Uiuiui, das hat ja bestens funktioniert«, rief er aus. Die Follikel waren schon ziemlich groß! »Ich muss die Eizellen herausholen, bevor sie springen«, murmelte er, »wir müssen die Punktion vorverlegen.« Wir setzten uns zusammen und änderten den bisherigen Zeitplan. Nicht erst eine Woche, sondern schon zwei Tage später sollte die Punktion stattfinden. Ich war etwas überrumpelt und musste schnell reagieren. Vor allem musste ich mir diesen Tag frei nehmen. Das Einsetzen der Embryonen würde dann am Samstag oder Sonntag erfolgen.

Meine Güte, war das alles aufregend! Als ich wieder im Büro war, konnte ich mich kaum auf die Arbeit konzentrieren. In fünf Tagen würde ich schwanger sein! Jedenfalls irgendwie.

Am Donnerstag ins Krankenhaus. Wieder in aller Herrgottsfrüh und nüchtern. Ich kannte das alles schon, war schon ein richtiger alter

Hase. Wieder Blut abnehmen, Zettel ausfüllen, déjà vu. Ich bekam ein Bett zugewiesen und hatte nun einmal Pause. Dafür kam jetzt Klaus' großer Moment. Dr. Z. stellte uns die Biologin vor, die die Befruchtung vornehmen würde. Sie gab uns einen kleinen Behälter und den Schlüssel zu einem stillen, abgelegenen Raum und ließ uns dort allein. Wir nahmen alles mit Humor. Klaus schaffte es souverän. Es war gar nicht so schlimm. Wir gaben den Behälter wieder ab, die Biologin schrieb unsere Namen darauf und wir waren wieder entlassen.

Irgendwann am späten Vormittag dann kam ich dran. Wieder das Operationskleid anziehen, Brille, Ringe, Uhr, Ohrringe weg, auf das Rollenbett und ab in den OP. Dr. Z. und der Anästhesist erwarteten mich schon. Hinauf auf den gynäkologischen Stuhl, Einleitung der Narkose und schon war ich weg. Diesmal würde die ganze Prozedur nur eine halbe Stunde dauern. – Tatsächlich hatte ich das Gefühl, schon kurze Zeit später wieder geweckt zu werden. Dr. Z. teilte mir mit, dass alles gut gegangen sei. Er habe fünf Eizellen gewonnen, davon würde er vier befruchten lassen. Ich war noch ziemlich benebelt und mit allem einverstanden. Man schob mich zurück ins Zimmer und ich schlief ein bisschen. Aber schon eine Stunde später war ich wieder putzmunter. Ich fühlte mich richtig gut, glücklich, stolz, die Punktion erfolgreich hinter mich gebracht zu haben. Als ob ich etwas Besonderes geleistet hätte! Nun musste nur noch die Einpflanzung funktionieren. Dr. Z. kam und sagte, er wisse noch nicht, ob diese am Samstag oder am Sonntag stattfinden werde. Das hänge auch davon ab, wie gut die Befruchtung klappte. Ich solle ihn am Samstag Vormittag anrufen. Bevor er ging, lud ich ihn noch zu einem Konzert am nächsten Tag ein, bei dem ich mitspielte. Aber er winkte ab. Am Abend bleibe er lieber zu Hause bei seinen Kindern. »Sie werden schon noch sehen, wie das ist mit kleinen Kindern«, sagte er.

Gegen Abend durfte ich wieder nach Hause. Ich war richtig euphorisch, als hätte ich gerade eine super Leistung aufs Parkett gelegt. Voll freudiger Neugier erwartete ich die nächsten Tage.

Es stand für mich außer Zweifel, dass die Befruchtung funktionieren würde. Ich wusste damals noch nicht, dass das alles andere als selbstverständlich war und oft genug keine einzige Eizelle befruchtet wird. In naiver Zuversicht verbrachte ich einen ruhigen Freitag und rief am Samstag Vormittag in der Klinik an. »Die Befruchtung hat sehr gut funktioniert«, teilte mir Dr. Z. mit. Natürlich, dachte ich, was glaubte er denn? »Es haben sich zwei Achtzeller und zwei Sechszeller entwickelt. Wunderschöne Embryonen! Wir pflanzen sie morgen ein. Kommen Sie gegen neun Uhr.«

Was für ein Gefühl! Nun hatten Klaus und ich vier Kinder. Viermal ein kleiner Klaus und eine kleine Maria in Kombination. Bestimmt waren es zwei Jungen und zwei Mädchen. Aber waren es schon Menschen? Waren es nicht vielmehr nur Menschenmöglichkeiten? Die erst zu Menschen wurden, wenn sie in meiner Gebärmutter ein schönes Plätzchen gefunden hatten? Trotzdem, sie waren da, waren real. Alles war schon in ihnen angelegt: ihr Geschlecht, ihr Gesicht und in groben Zügen auch ihr Charakter. Unsere Kinder!

Am Nachmittag hatten wir zufällig in der Stadt zu tun. Als wir am Krankenhaus vorbeifuhren, konnte ich meinen Blick nicht davon lösen. Da drin, da drin waren sie, unsere vier Mäuschen! Ruhten in einem Brutschrank und warteten darauf, dorthin zu kommen, wo sie hingehörten: in den Bauch ihrer Mutti. Was für ein Gefühl von Aufregung und Glück!

Pünktlich um neun Uhr waren wir am nächsten Tag da. Ich fragte Dr. Z., ob wir die Embryonen sehen könnten, bevor sie eingepflanzt wurden. »Das wird die Biologin nicht zulassen«, antwortete er. »Bevor die Embryonen eingepflanzt werden, sind es *ihre* Kinder und sie duldet nicht das geringste Risiko.« Na gut. Wieder bekam ich ein Bett zugewiesen. Dann lief die übliche Prozedur ab, mit dem einzigen Unterschied, dass es diesmal keine Narkose gab. In den OP geschoben, auf den gynäkologischen Stuhl. Die Biologin begrüßte mich. Sie hatte schon alles vorbereitet. Die Embryonen wurden in einen dünnen Schlauch transferiert. Dr. Z. führte ihn in meine Gebärmutter ein. Das tat weh. Hier kam nun ein altes Problem zutage, dessen Ursache sieben Jahre zurücklag. Damals war ich wegen Kondylomen operiert worden. Das sind kleine Warzen, die ich in der Scheide und am äußeren Muttermund hatte und die entfernt werden mussten. Durch die Entfernung waren Narben entstanden und das Gewebe war nicht mehr so elastisch. Das bekam ich jetzt zu spüren. Dr. Z. hatte Probleme, in die Gebärmutter vorzudringen. Es tat furchtbar weh. »Soll ich Ihnen eine schmerzstillende Spritze geben?«, fragte er. Aber mir ging es gleich wie damals bei der Darmspiegelung: Ich wollte die Sache so schnell wie möglich hinter mich bringen. »Lassen Sie nur«, sagte ich mit zusammengepressten Zähnen, »es wird ja wohl hoffentlich nicht mehr lange dauern.« »Ich tue, was ich kann.« Während er weitermachte und ich ein lautes Stöhnen nur mühsam unterdrücken konnte, fragte ich mich, ob ich das alles noch einmal über mich ergehen lassen würde, falls dieser Versuch nicht klappte. Ob ich mir diese Schmerzen noch einmal antun würde. Fast gelangte ich zu einem Nein.

»Jetzt sind sie drin, Ihre Babys«, sagte Dr. Z. endlich. Die Tortur war vorüber. Alles hatte bisher tadellos funktioniert, nur der Embryotransfer, der ansonsten als völlig unproblematisch und schmerzlos beschrieben wird, hatte so wehgetan. Ich war erschöpft. Behutsam wurde ich ins Zimmer zurückgeschoben, wo Klaus auf mich wartete. »Und?«, fragte er. »Es hat wehgetan«, flüsterte ich, »sehr weh.« Aber bei Schmerzen ist es immer so: Kaum sind sie vorüber, hat man sie auch schon vergessen. Ich war wieder guter Dinge. Und musste an die vier Wesen in meinem Bauch denken. »Hallo Babys«, dachte ich, »willkommen zu Hause.«

Dr. Z. hatte mir erklärt, dass Achtzeller die optimale Entwicklung bei IVF bedeuteten. Er zeigte sich sehr zuversichtlich über den Ausgang dieses Versuchs: »Am besten, es werden Zwillinge.« Die Sechszeller hatten weniger Überlebenschancen. Aber das war ja miteinkalkuliert, dass sich nicht alle Embryonen einnisteten. Er gab mir noch die Bewilligung für einen Bluttest mit. Den sollte ich zwölf Tage später machen. Dann würde man sehen, ob es mit der Schwangerschaft geklappt hatte oder nicht. Sonst gab es keine besonderen Anweisungen für die Lebensführung. Ganz normal weiterleben. Nicht gerade Extremsport betreiben, was ich sowieso nicht tat. Ich blieb noch zwei Stunden liegen, dann gingen wir wieder nach Hause.

DIE NÄCHSTEN elf Tage waren wohl die längsten meines Lebens. Dieses zermürbende Warten auf das Ergebnis! Obwohl ich sehr optimistisch war, schlichen sich immer wieder Zweifel ein. Und wenn es doch nicht geklappt hatte? Wie würde es mir dann gehen?

Und was hingegen würde ich tun, wenn sich alle vier Embryonen eingenistet hatten? Dann hätten wir tatsächlich ein Problem. Ich fand es traurig, dass zum optimalen Ergebnis, nämlich der Einnistung von einem oder zwei Embryonen, gleichzeitig der Tod der anderen gehörte. Dass ich sozusagen hoffen musste, dass einige von ihnen eingingen. Die Entscheidung, eines oder zwei abtreiben zu lassen, wenn sich alle vier einnisteten, wäre schrecklich für mich gewesen. Ich spürte, welch sensible Grenzen überschritten werden, wenn der Mensch der Natur ins Handwerk pfuscht. Nur nicht abtreiben müssen. Dann sollte sich lieber keines entwickeln. Aber ich vertraute der Natur: sie würde schon das Richtige tun.

In diesen Tagen erblühte meine Orchidee. Sieben wunderschöne Blüten taten sich eine nach der anderen auf. Ein herrlicher Anblick. Und ein so starker Ausdruck von Leben! Ich wertete das als gutes Zeichen. Die Orchidee brachte so wunderschöne, perfekte Kinder hervor und auch ich war dabei, Leben weiterzugeben.

Nach etwas mehr als einer Woche kam die Krise. Nein, es war aussichtslos. Es hatte nicht geklappt. Bestimmt nicht. Plötzlich war ich mir sicher. Warum sollte es auch, bei einer Wahrscheinlichkeit von 25 Prozent? Warum sollte gerade ich zu dem Viertel Glücklichen gehören, bei denen es beim ersten Mal klappte? Dann keimte wieder Hoffnung auf. Immerhin hatte ja alles so gut funktioniert: die Stimulation, die Punktion, die Befruchtung und – wenn auch mit Schmerzen – der Transfer. Vielleicht waren sie doch noch da, die

Babys? Wenigstens eines! Immerhin war mir jeden Tag leicht übel. Aber das konnte auch von den Spritzen kommen. Ja, die Spritzen war ich noch nicht los. Jeden zweiten Abend musste mir Klaus eine Progesteron-Spritze ins Hinterteil verpassen. Und an den anderen Abenden musste ich mir Plastikstäbchen mit Progesteron-Gel in die Scheide drücken. Das alles, um den Körper mit genügend Gelbkörperhormon zu versorgen, welches zur Einnistung der Embryonen in die Gebärmutter gebraucht wird.

Endlich, nach Tagen, die sich unendlich in die Länge gezogen hatten, war der elfte Tag da. Morgen früh würde ich den Bluttest durchführen lassen. Aber so lange wollte ich nicht mehr warten. Ich hatte beschlossen, an diesem Abend zu Hause einen Schwangerschaftstest zu machen. Wenn ich wirklich schwanger war, musste das nun doch zu sehen sein. Nach dem Abendessen schlich ich mich ins Bad und holte den Test heraus. Klaus wusste nichts davon. Ich wollte das Ergebnis zunächst einmal alleine erfahren. Klappe herunter, ein paar Sekunden in den Urinstrahl halten, Klappe hinauf, warten. Wenn ich schwanger war, musste sich das zweite Fenster verfärben.

Der Absturz

Das zweite Fenster verfärbte sich nicht. Ich war wie vom Donner gerührt. Es verfärbte sich nicht! Es hatte nicht geklappt, ich war nicht schwanger. Oh nein! Kreidebleich ging ich ins Wohnzimmer und setzte mich schweigend auf die Couch. Klaus kam herein. »Was ist denn los?«, fragte er, als er mich sah. »Schau mal ins Bad«, antwortete ich tonlos. Ich hatte den Schwangerschaftstest dort liegen lassen. Er kam zurück. »Es hat nicht funktioniert?«, fragte er, »schade.« Er setzte sich zu mir und nahm mich in die Arme. Ich starrte vor mich hin, war vollkommen leer, spürte nichts mehr. Wie damals vor der Operation.

Aus, vorbei, es hatte nicht geklappt. Die ganze Mühe umsonst, die Spritzen, die Tabletten, die Punktion, die Schmerzen beim Transfer. Es hatte *nichts* gebracht, nichts. Kein einziger Embryo hatte sich eingenistet. Ich war nicht schwanger. Klaus versuchte mich zu trösten. »Jetzt warte doch mal das Ergebnis des Bluttests ab, wer weiß, ob dieser Schwangerschaftstest überhaupt funktioniert hat. Vielleicht stimmt er gar nicht.« Ich lächelte schwach. Glaubte er das wirklich?

Ich verbrachte eine sehr unruhige Nacht. Verrannte mich in die törichte Hoffnung, dass der Bluttest tatsächlich ein anderes Ergebnis bringen könnte. Ein Strohhalm. Ich würde mich an ihn klammern und mit ihm untergehen.

Am Morgen nüchtern ins Labor. Es war ein Freitag. Normalerweise bekommt man das Ergebnis am nächsten Tag. Das hätte in diesem Fall Montag bedeutet. So lange zu warten würde ich nicht aushalten. Ich handelte aus, dass ich noch an diesem Nachmittag den Befund abholen konnte. Nach einem unendlich langen, tristen, lustlosen Vormittag stand ich wieder im Labor. »Warten Sie einen Augenblick«, sagte der Arzt. Es war ein langer Augenblick. Endlich kam er mit einem Kuvert zurück. Ich bedankte mich hastig und rannte hinaus. Im Gehen riss ich das Kuvert auf. Aber was stand da? βHCG 1,1.

Verdammt, was hieß das? Dr. Z. hatte mir nicht erklärt, wie der Befund zu lesen war. Ich hatte gedacht, es würde ›positiv‹ oder ›negativ‹ darauf stehen. Und jetzt war er in Urlaub! So ein Mist! Klaus wartete im Auto auf mich. »Und?«, fragte er. »Ich weiß es nicht«, stöhnte ich. »Da steht ein Wert drauf, ich weiß nicht, was er bedeutet. Ich muss in die Gynäkologie gehen und ihn mir erklären lassen. Verdammt.« Ich war total sauer. Fühlte mich wie eine Analphabetin. Musste jemanden suchen gehen, der mir den Wisch in meinen Händen deutete. Dabei wusste ich ohnehin, wie das Ergebnis lautete. Warum konnte ich in meinem Unglück nicht alleine bleiben?

Wir gingen in die Gynäkologie. Ich würde den erstbesten Arzt fragen, der uns unterkam. Es war Dr. A.! »Können Sie mir bitte sagen, was dieser Wert bedeutet?« Die Frage kostete mich sehr viel Überwindung. Er warf einen kurzen Blick darauf: »Negativ«, sagte er trocken, »um positiv zu sein, müsste er bei mindestens 9 liegen.« Schon wollte er weitergehen. »Bitte, kann ich kurz mit Ihnen sprechen?«, flüsterte ich. Plötzlich hatte ich das dringende Bedürfnis, mit einem Arzt zu reden. Ich konnte jetzt nicht nach Hause gehen mit diesem Ergebnis, einfach so. Dr. A. war entgegenkommend wie immer. »Kommen Sie mit«, sagte er. Wir setzten uns ins Sprechzimmer. Er tröstete mich nicht. Verwies auf die niedrige Erfolgsrate bei IVF. Die übrigens bei der natürlichen Befruchtung auch nicht höher sei. Was ich mir denn erwartet hätte? »Naja, irgendjemand muss ja die 25 Prozent ausmachen«, sagte ich kleinlaut. Er meinte, ich solle es noch einmal versuchen, und wenn es doch nicht klappte, sei das eben Schicksal. Ich wollte wissen, wie es seiner Meinung nach mit der Endometriose weiterging, jetzt, wo sie wieder ausreichend Nahrung erhalten hatte. Er räumte ein, dass das ein Problem sein könnte, dass aber die wahre Nahrung der Endometriose die falsch wandernde Gebärmutterschleimhaut sei, nicht die Hormone. Viele Regeln, das sei eine Gefahr.

Ich spürte, dass ich gehen musste. Ich brauchte Trost, den mir niemand geben konnte. Denn niemand konnte garantieren, dass es einmal klappen würde. Vielleicht klappte es auch nie. Wir verabschiedeten uns und Klaus brachte mich nach Hause. Er musste noch in die Firma. Als ich alleine war, konnte ich endlich weinen. Ich legte mich ins Bett. Und weinte, bis ich vor Erschöpfung einschlief.

Es war der 22. Juni, Sommerbeginn. Ein trauriger Sommer. Es ist schwer, die totale Antriebs- und Lustlosigkeit zu beschreiben, die einen nach so einem Erlebnis befällt. Mich interessierte nichts mehr. Nichts machte Spaß, nichts konnte mich ablenken. Eine unendliche Traurigkeit hatte von mir Besitz ergriffen und sie saß so tief, dass sie mein ganzes Wesen einnahm, zur Grundstimmung meiner Gefühlswelt wurde.

Das Schlimmste war, dass Dr. Z. nicht da war. Er würde erst in über zwei Wochen aus dem Urlaub zurückkommen. Dabei hätte ich so dringend mit ihm reden müssen. Seine Meinung hören wollen, wie er die Lage einschätzte, was er vorschlug. Die Angst vor der Endometriose kroch langsam wieder hoch. Nun war die Schonzeit vorbei, bald würde die nächste Regel kommen und es ging alles wieder von vorne los. Wie lange würde es dauern, bis die Endometriose auch den zweiten Eierstock verschlang? Fast geriet ich in Panik. Ich musste etwas tun, Passivität würde mich jetzt verrückt machen, ich musste mit jemandem reden, mit einer kompetenten Person, einem Arzt. Mir fielen wieder die ersten Informationen über Endometriose ein, die ich im Internet gefunden hatte. Dort war auch von naturheilkundlichen Methoden die Rede gewesen. Homöopathie habe schon so mancher Frau geholfen. Ich beschloss, einen Homöopathen aufzusuchen.

Am Samstag kam die Regel. Fairerweise hätte sie schon am Freitag kommen und mir den Bluttest und diese demütigende Analphabetensituation ersparen können. Aber nein. Und wieder war alles beim Alten: Schmerzen, Verstopfung, etwas Fieber. Wochenende im Bett. Als hätte es die Wechseljahre nie gegeben.

Gleich am Montag rief ich einen Homöopathen an. Er gab mir einen Termin für Mittwoch.

DER HOMÖOPATH war ein hutzeliges Männchen undefinierbaren Alters. Seine Praxis war schlicht eingerichtet und er hatte keinen Computer, sondern einen Karteikasten. Das gefiel mir. Ich erzählte ihm meine Geschichte. »Endometriose ist doch kein Hindernis, auf natürliche Weise schwanger zu werden«, sagte er, »ich hatte schon viele Patientinnen mit Endometriose, die schwanger wurden.« Ich merkte sehr bald, dass er eine generelle Abscheu vor künstlichen Eingriffen wie Operationen hatte. Er bevorzugte die sanfte Methode, die Selbstheilungskräfte der Natur. Auch von IVF hielt er nichts. Ich war etwas aus dem Konzept. Das war ja eine ganz neue Sicht der Dinge! Die 1,4 Prozent natürliche Schwangerschaftsrate bei Endometriose, von der ich gelesen hatte, traute ich mich gar nicht zu erwähnen. Da hätte er mich sicher ausgelacht. Ich erzählte ihm von meinen großen Regelschmerzen, die immer mit dem Darm zusammenhingen. Er schlug statt einer homöopathischen Kur die sogenannte Neuraltherapie vor. Sie wird angewendet, wenn ein Organ in seiner Funktion gestört ist. Kleine Mengen eines Schmerzmittels werden unter die Haut gespritzt und das hat therapeutische Wirkung. Sowohl kurzzeitige als auch chronische Schmerzen sollen so behoben werden.

Auch dieser Arzt war, wie die meisten männlichen Ärzte, mit denen ich zu tun hatte, kein leidenschaftlicher Redner – nur Dr. A. bildete in dieser Beziehung eine löbliche Ausnahme – und ehe ich mich 's versah, lag ich schon auf dem Behandlungstisch und er begann mit der Therapie. Als er meine Narbe sah, entfuhr ihm ein: »Da haben sie aber wieder mal gewütet!« Er erklärte mir, dass die Neuraltherapie auch der Narbe sehr gut tun würde, nach ein paar Behandlungen würde sie weicher und weniger sichtbar sein. Narben waren ihm ein Gräuel. In der Neuraltherapie bedeuten sie Störfelder, die die Energie nicht mehr frei fließen lassen. Daher muss man sie entstören.

Der Arzt verpasste mir gut 25 Stiche, das war nicht sehr angenehm. Zuerst behandelte er die Narbe, dann stach er bogenförmig den Dickdarm entlang und zum Schluss nahm er sich noch die Schilddrüse vor. Am Ende war ich ziemlich erschöpft, aber es ging mir gut, ich hatte das Gefühl, dem Körper etwas Gutes getan zu haben. Wir setzten noch zwei Termine für die Neuraltherapie fest.

An den beiden folgenden Sonntagen unternahmen wir zwei ausgedehnte Wanderungen. Normalerweise sind wir keine großen Wanderer, aber diesmal hatte ich das Bedürfnis, meinen Körper richtig in die Mangel zu nehmen. Er musste sich wieder erholen, Kraft gewinnen im Kampf gegen die Endometriose, der ja jetzt in die nächste Runde ging. Und auch der Kopf brauchte frische Luft, Höhenluft, um wieder klar denken zu können. Schließlich musste ich mir überlegen, wie es weitergehen sollte.

Am ersten Sonntag pilgerten wir zu einem Wallfahrtsort. Drei Stunden nur bergauf, das war eine Qual. Ein richtiger Bußgang. Bei der dritten Kreuzwegstation glaubte ich es nicht mehr zu schaffen. Ich war total fertig. Erschöpft. Aber ich bin ja ebenso ehrgeizig wie stur. Ich wollte hinaufkommen, also würde ich hinaufkommen. Klaus ging es etwas besser. Er ist aber auch viel kräftiger als ich. Mit der Zeit ging es leichter und irgendwann kamen wir tatsächlich oben an. Ich zündete vor einer Marienstatue eine Kerze an. Maria hatte ja schließlich auch ein Kind bekommen, sie wusste, worum es ging und müsste mir wohl helfen können. Und da ich auch noch ihren Namen trage, rechnete ich mir besonders gute Chancen aus. Allerdings hatte ich beim Kerzenanzünden auch ein sehr schlechtes Gewissen. In guten Zeiten überzeugte Antikatholikin, komme ich in schlechten immer wieder angekrochen. Vor der Operation hatte ich auch im Stephansdom in Wien eine Kerze angezündet. Hoffentlich sagte es Maria wenigstens nicht dem lieben Gott weiter. Das wäre mir peinlich gewesen. Andererseits – Gott ist ja nicht katholisch, oder? Und eine ausgesprochene Atheistin bin ich nicht. War dann etwa Maria die falsche Ansprechperson? Nichts da, sie ist meine Namenspatronin, und überhaupt, sie würde mich nicht im Stich lassen. Ich zwinkerte ihr zu. Sie zwinkerte zurück.

Obwohl mir die Skepsis des Homöopathen gegenüber IVF zu denken gegeben hatte, wollte ich noch einen Versuch starten. Klaus war einverstanden. Er wusste, dass er mich ohnehin nicht davon abhalten konnte. Endlich war Dr. Z. wieder da. Ich rief ihn an. »Und?«, fragte er. »Nichts«, sagte ich, »es hat nicht funktioniert.« »Das tut mir leid«, erwiderte er. »Was wollen Sie jetzt tun?« »Na, noch einmal probieren, oder?« »Gut, kommen Sie übermorgen zu mir, dann sprechen wir darüber.« Als ich zu ihm kam, sprachen wir eigentlich nicht viel. Ich hätte am liebsten gleich mit dem nächsten Versuch begonnen, aber das ging nicht. Zur Zeit war ich wieder mitten im Zyklus; wir mussten zumindest die nächste Regel abwarten. Dr. Z. schien überhaupt keine Eile zu haben. Wir einigten uns darauf, dass ich mich ein paar Wochen später wieder melden würde.

Als nach dem ersten IVF-Versuch die Regel wieder gekommen war, hatte ich beschlossen, von nun an die Basaltemperatur zu messen. Ich wollte meinen Zyklus beobachten, wollte wissen, wann der Eisprung war und wie lange genau der Zyklus dauerte. Nach drei Wochen stieg die Temperatur endlich an. Aber nur Schritt für Schritt. Schwer zu sagen, wann wohl der Eisprung war. Klaus und ich ließen die Zeit jedenfalls nicht ungenutzt verstreichen. Vielleicht klappte es ja doch – einfach so? Man soll nichts ausschließen.

Der Zyklus dauerte 37 Tage. Dann kam die Regel wieder. Aber was für eine Regel! Ich hatte beschlossen, keine Schmerztabletten zu nehmen. Die hatten ohnehin nie besonders gewirkt. Ich vertraute auf die Neuraltherapie und hoffte, diesmal ziemlich ungeschoren davonzukommen. Was für ein Irrtum! Es begann in der Nacht. Der Darm fühlte sich übervoll an und ich setzte mich aufs Klo. Aber es ging nicht. Immer wieder stand ich vom Bett auf, aber es kam nichts. Dafür Schmerzen, Schmerzen! Mir war heiß und kalt. Dann musste ich mich übergeben. Das ganze Abendessen kam wieder zum Vorschein. Es ging mir saumies. Und diese Verstopfung machte mich wahnsinnig. Immer dasselbe. Warum konnte mir denn niemand helfen? Trotz dieser schrecklichen Nacht ging ich am nächsten Morgen zur Arbeit. Immer wieder Schmerzattacken, dass ich mich am Schreibtisch festhalten musste. Es war mitten im Sommer, wenig Leute im Haus. So beobachtete mich auch niemand, als ich mich ins Bad schleppte und wieder übergab. Obwohl ich nichts gegessen hatte! Niemand bemerkte, wie schlecht es mir ging. Es war die schlimmste Regel meines Lebens.

Am nächsten Vormittag ging die Tortur weiter, am Nachmittag wurde es besser. Da war ich wieder bei Dr. Z. Ich erzählte ihm von meinen furchtbaren Schmerzen. »Verschreiben Sie mir, was Sie wollen, ich nehme alles, wenn nur diese schrecklichen Schmerzen aufhören.« Ich erzählte zum x-ten Mal, dass es der Darm war, der mir so furchtbar wehtat. Langsam sah er ein, dass ich es ernst meinte, dass die Schmerzen wirklich schlimm sein mussten. Er verschrieb mir Zäpfchen. Verstopft war ich an diesem Tag immer noch – und übrigens noch drei weitere Tage, bis ich schließlich ein Abführmittel nahm! Dann sprachen wir wieder über IVF. Dr. Z. eröffnete mir, dass er noch mindestens drei Versuche starten wolle. Das beruhigte und enttäuschte mich gleichzeitig. Einerseits bekam ich also noch drei Chancen, das gab Grund zur Hoffnung, andererseits schien er auch vom Erfolg des nächsten Versuches nicht überzeugt zu sein. Wenn man nur die Misserfolge überspringen und gleich zum erfolgreichen Versuch übergehen könnte! Wir einigten uns auf den Zeitplan für IVF Nr. 2. Aufgrund von Urlauben der verschiedenen beteiligten Personen musste das Ganze noch ein bisschen verschoben werden. Ich musste zunächst einen Zyklus lang die Pille nehmen (aaah, die Pille!), dann sollte mir Klaus eine Spritze geben, die die gleiche Wirkung hatte wie die Wechseljahresspritze, nur für viel kürzere Zeit. Und dann, am 13. September, sollte ich wieder mit der Stimulation beginnen. Wieder bekam ich eine Menge Rezepte und einen Plan mit den Daten und den vorgeschriebenen Mengen mit.

Bevor ich ging, zeigte ich Dr. Z. noch die Basaltemperaturkurve. Die Temperatur war mit Einsetzen der Regel nicht gesunken, eher gestiegen. Er runzelte die Stirn. »Mit der Regel müsste die Temperatur wieder sinken«, sagte er, »sonst sind Sie vielleicht schwanger.«

Was? Nein, das konnte nicht sein Ernst sein! Diese Schmerzen, das viele Blut, das geflossen war, die Verstopfung, immer die gleichen Symptome, und ich sollte schwanger sein? »Während der Regel habe ich oft Fieber«, sagte ich mit zusammengepressten Lippen. »Ach so. Na, dann wird es wohl nichts sein.«

Mit großem Widerwillen besorgte ich mir die Pille. Dann dachte ich nach. Und wenn ich doch schwanger war? Dann würde mir die Pille womöglich noch schaden. Ich musste es nachprüfen. Obwohl ich von der Sinnlosigkeit der Sache überzeugt war, kaufte ich mir einen Schwangerschaftstest. Natürlich war er negativ.

Warten

Anfang August. Noch sechs Wochen bis zum nächsten IVF-Versuch. Wie sollte ich die Zeit bis dahin zubringen? Ich war schon einmal so nah an einer Schwangerschaft gewesen und jetzt war ich wieder meilenweit davon entfernt. Und es bestand nicht einmal die – ohnehin nur geringe – Chance, auf natürliche Weise schwanger zu werden, weil ich ja die Pille nehmen musste. Eine doppelt unfruchtbare Zeit. Totale Sterilität, auch im Kopf. Ich hasse die Pille.

In diesen Tagen erlitt eine Bekannte von mir eine Fehlgeburt. Ich rechnete aus, dass sie zur gleichen Zeit schwanger geworden war, wie ich meinen IVF-Versuch hatte. Wir wären gleichzeitig Mütter geworden. So schafften wir es beide nicht, mussten beide unseren Traum begraben. Fehlgeburt – der Super-GAU. Ich wusste, dass bei Endometriose und bei IVF die Fehlgeburtsrate höher ist als im Normalfall. Ich war also in zweifacher Hinsicht eine potentielle Fehlgeburtskandidatin. Oh nein, hoffentlich blieb mir wenigstens das einmal erspart! Da sollte es lieber gleich nicht funktionieren.

DIE ZEIT verging nicht. Wir hatten für diesen Sommer keine besondere Reise geplant. Immer in Hinsicht auf meine mögliche Schwangerschaft hatten wir auf große Reisepläne verzichtet. Nur eine Woche nach Kärnten zu Klaus' Eltern wollten wir, wie jedes Jahr, und Ende August würde ich einen einwöchigen Querflötenkurs besuchen.

Wieder machte sich die totale Antriebslosigkeit in mir breit. Wir hätten ja kurzfristig noch etwas organisieren können. Aber ich hatte keine Lust dazu. Hatte zu überhaupt nichts Lust. Wollte nur, dass die Zeit so schnell wie möglich verging. Aber das tat sie nicht. Wie dickflüssige Harztropfen klatschten die Sekunden träge in die Ewigkeit. Und ich drehte mich im Kreis, ein Raubtier in einem viel zu engen Käfig. Meine Kräfte standen still, meine Energie war blockiert, meine Ideen ausgetrocknet. Nichts verschaffte mir Trost oder Ablenkung. Noch fünf Wochen, noch vier.

Aber ganz unbemerkt von der Welt sollten meine vier Kleinen nicht dahingegangen sein. Ich beschloss, ihnen ein Denkmal zu setzen, wenigstens für kurze Zeit. Ich musste in diesen Tagen für unsere Gemeindezeitung einen Bericht über eine Sommerveranstaltung für Kinder, die sogenannten ›Kinderferien‹, verfassen. Ich ging hin, holte Informationen ein und machte ein paar Fotos. Dann zeichnete ich vier Männchen, zwei Jungen und zwei Mädchen. Ich verteilte sie zwischen den Fotos. So wurde es gedruckt und meine vier Kinder erwachten noch einmal für kurze Zeit zum Leben, spielten einen Tag lang mit den anderen Kindern des Ortes. Und das sind sie:

Wir fuhren nach Kärnten. Eigentlich hatte ich auch dazu keine Lust, aber wir hätten Klaus' Eltern niemals absagen können. Auch erhoffte ich mir durch diesen Aufenthalt wenigstens eine kleine Abwechslung. Kaum waren wir dort, hatte ich das dringende Bedürfnis, mit jemandem über meine Situation zu sprechen. Es wusste ja niemand, außer uns und ein paar Ärzten, von meinem IVF-Versuch. Jemand, da kam nur Klaus' Mutter in Frage. Ich habe zu ihr einen besseren Draht als zu meiner eigenen Mutter, das Reden fällt mir leichter, auch wenn wir über so etwas Intimes noch nie miteinander gesprochen hatten. Ich schämte mich. Sie wünschten sich alle so sehr ein Enkelkind und ich enttäuschte sie immer wieder. Zuerst hatte ich jahrelang nicht gewollt und jetzt ging es nicht.

Am liebsten hätte ich gleich am ersten Abend mit ihr gesprochen. Aber es ergab sich nicht. Erst am vierten Tag schaffte ich es endlich, sie um einen Spaziergang zu zweit zu bitten. Kaum waren wir unterwegs, sprudelte alles aus mir heraus. Das war eine große Erleichterung. Sonst wäre ich wohl irgendeinmal geplatzt. Sie zeigte viel Verständnis für meine Situation, auch wenn ihr IVF, wie wohl den allermeisten Leuten, etwas völlig Fremdes war. Sie hatte sich große Sorgen wegen meiner Operation gemacht und sich schon gedacht, dass mir das Kinderkriegen dadurch wohl nicht leicht fallen würde. Es war mir wichtig, dass sie wusste, dass es nun nicht mehr an meinem Willen lag, sondern dass mein Körper das Kommando übernommen hatte, ohne mich lange zu fragen. Man konnte also nur hoffen. Sie wünschte mir Glück für den nächsten Versuch.

DIESES GESPRÄCH hatte nun doch wieder gewisse Energien geweckt. Ich wollte etwas tun. Es konnte doch nicht sein, dass ich nur zum Warten verurteilt war, keinen eigenen Beitrag dazu leisten konnte, dass der nächste Versuch eher klappte. Im Dorf von Klaus' Eltern wohnte eine Frau, die mit der Wünschelrute umgehen und über Pendeln Krankheiten ausforschen konnte. Eine moderne Hexe sozusagen. Wir beschlossen, sie zu besuchen. Ich erzählte ihr von der Endometriose. Sie kannte diese Krankheit nicht. Als sie von meinen Schwierigkeiten, schwanger zu werden, erfuhr, wollte sie wissen, ob ich früher die Pille genommen hatte. Ich bejahte. Das fand sie ganz schlecht. Die Pille, meinte sie, wäre ein grässlicher Eingriff in die Gesundheit einer Frau. Fast fand sie es logisch, dass es mit der Schwangerschaft Probleme gab. Ich wagte gar nicht zu erwähnen, dass ich die Pille gerade wieder nehmen musste. Und als sie vom IVF-Versuch hörte, schlug sie die Hände über dem Kopf zusammen. Was für ein Unsinn! Sie erinnerte mich an den Homöopathen. Wie er war auch sie der Meinung, dass man die Natur walten lassen solle, die von sich aus schon alles richtig macht. Sie erzählte von einer Frau, die unbedingt ein Kind wollte, aber auch nach mehreren künstlichen Befruchtungen keines bekam. Dann gab sie es auf und siehe da, es kamen sogar zwei, ganz von allein. Von solchen Geschichten hatte ich schon öfter gehört und gelesen. Es musste wohl etwas dran sein. Nun pendelte die Frau mich aus. Sie konnte keine Krankheit in meinem Körper entdecken. Ich bat sie, besonders Eierstock und Eileiter zu untersuchen, meine zwei möglichen Sorgenkinder. Sie fand nichts Auffälliges. Das beruhigte mich. Nicht, dass ich mit allem einverstanden war, was sie sagte. Sie kannte meine Krankheit nicht und wollte mir doch unbedingt von IVF abraten. Und sie war der Meinung, unser Hauptproblem sei, dass wir zu lange mit dem Kinderkriegen gewartet hatten. Das fand ich nun wieder eine unangebrachte Einmischung in unser Privatleben. Obwohl ich nicht viel sagte, spürte sie meine Ablehnung. Sie stand auf, um sich die Hände zu waschen, denn sie spürte angeblich eine negative Energie.

Bevor wir gingen, sagte sie: »Es wird ein Kind kommen, ganz von allein, ihr werdet schon sehen.«

ICH WURDE immer unsicherer, was IVF betraf. Wem sollte ich glauben: den Naturheilkundlern, Zauberern und Hexen oder den ausgefuchsten Schulmedizinern? Immerhin hat IVF ja auch oft genug funktioniert. Sonst würde es ja nicht gemacht. Bei drei bis vier Versuchen steigt die Erfolgsrate angeblich auf zirka 60 Prozent. Nein, ich würde es noch einmal versuchen. Der Termin stand ja schon fest.

Mein Tatendrang war noch nicht gestillt. Was konnte ich noch tun? Fußreflexzonenmassage, hatte ich einmal gelesen, solle gut gegen Endometriose sein. Was hilfreich gegen Endometriose ist, ist auch gut für den Kinderwunsch. Ich fragte meine Schwiegermutter, ob sie einen guten Masseur oder eine Masseurin kannte. Sie verwies mich auf einen Masseur im Nachbardorf mit einem ausgezeichneten Ruf. Ich ließ mir gleich zwei Termine geben.

Der Masseur war ein interessanter Typ. Er hatte sich bei seiner Ausbildung anscheinend nicht nur auf das Erlernen der Handgriffe beschränkt, sondern war auch offen für Spiritualität. Fernöstliche Philosophien, alternative Weltanschauungen, Meditation, die verschiedenen Religionen schienen ihm vertraut zu sein und er sah seine Klienten in ihrer Ganzheitlichkeit, mit Körper und Seele. Während er mich massierte und ich ihm von der Endometriose erzählte, analysierte er mich. Ich war ihm zu mager und zu blass. Die Endometriose und die Tatsache, dass ich nur mehr einen Eierstock und Eileiter hatte, beeindruckten ihn wenig. Das Problem lag seiner Meinung nach tiefer. Er riet mir dringend zu mehr Gelassenheit und zu einer ganz konkreten Kur: der F.-X.-Mayr-Kur. In ihrem Mittelpunkt steht die Reinigung des Darms. Denn der Darm, sagte er, sei die Ursache für viele Krankheiten. Er empfahl mir ein Buch, das ich zu diesem Thema lesen sollte.

Zum Glück hatte ich keine Schwierigkeiten, dieses Buch aufzutreiben, denn Klaus' Tante besaß es. So hatte ich es schon am nächsten Tag in der Hand. Im Inhaltsverzeichnis stieß ich auf das Kapitel ›F.-X.-Mayr-Kur und Kinderwunsch‹. Damit fing ich an. Diese Kur soll das allgemeine Wohlbefinden steigern und hat schon so mancher Frau zu ihrem Wunschkind verholfen. Interessant. Nun begann ich von vorne zu lesen.

DER DARM. Die Ursache allen Übels. Vor allem, wenn er nicht regelmäßig entleert wird. Gärungen, Fäulnisprozesse, Schlacken verursachen Unwohlsein und Krankheiten. Eine Darmreinigung musste her. Wird der Körper von innen her gereinigt, reinigt sich auch die Seele. Man wird jünger, gesünder, glücklicher. Es gab auch Anweisungen zum richtigen Essen, und zwar zum Wie und zum Was. Bezüglich des Was hatte ich Glück, denn vieles von dem, was verboten wurde, mochte ich ohnehin nicht: fettes Fleisch, Torten, Alkohol. Das Buch war so eindringlich geschrieben, dass man eine richtige Abscheu vor diesen Dingen bekam. Wichtig war auch die richtige Säure-Basen-Mischung beim Essen. Der Körper sollte nicht versauern. Bezüglich des Wie sollte Wert auf langsames Essen und gründliches Kauen gelegt werden. Ich merkte bald, dass wohl dicke Leute die Hauptzielgruppe dieses Buches waren. Aber auch ich profitierte viel von der Lektüre. Vor allem nahm ich mir zwei Dinge vor: regelmäßige, und zwar tägliche, Entleerung des Darms, was bisher nicht einmal annähernd der Fall gewesen war – Darmsanierung nennt man das – und ausreichendes Trinken. Mindestens zwei Liter am Tag, am besten mehr. Und zwar nur Wasser, Tees und verdünnte Fruchtsäfte. Auf meine geliebten Kohlensäuregetränke musste ich also verzichten.

Der Besuch beim Masseur hatte einen Wandel in meiner Lebensführung eingeleitet, der mir zu diesem Zeitpunkt noch nicht bewusst war. Es war der erste Schritt dazu, meine Gesundheit endlich selbst in die Hand zu nehmen. Hatte man mir nicht schon im Krankenhaus zu einer Darmsanierung geraten? Und Dr. A. hatte mich einmal ausdrücklich dazu aufgefordert, mehr zu trinken. Was hatte ich getan? Nichts. Außer dass ich das Vollkornbrot als fixes Nahrungsmittel in unseren Haushalt einführte. Das war viel zu wenig. Ansonsten hatte ich die Verantwortung für meinen Körper aus der Hand gegeben. An die Ärzte, an die Medikamente. Das musste ein Ende haben. Es war der Beginn einer langen Forschungsexpedition in meinen Körper hinein, den ja wohl niemand besser kannte als ich selbst.

Wieder zu Hause, begann ich Schritt für Schritt. Es war gar nicht so leicht, den Körper an viel mehr Flüssigkeit zu gewöhnen. Aber die erwünschte Wirkung stellte sich sehr bald ein: ich musste öfters den Darm entleeren. Ich gewöhnte mir auch an, das Resultat zu beobachten. F. X. Mayr stellt nämlich auch daran Ansprüche. Man soll nicht mit allem zufrieden sein. Tägliche Bewegung war ebenfalls angesagt. Ich fuhr ab jetzt mit dem Rad zur Arbeit und ging fast jeden Tag 15 bis 20 Minuten joggen. Das brachte den Darm in Schwung. Und ich beschloss, jeden Tag einen Apfel zu essen. Ich hoffte natürlich, dass die Darmsanierung auch meine Darmschmerzen bei der Regel linderte. Es war einfach wahr: Ich musste auf meinen Darm besser aufpassen.

Nun fiel mir das Warten auf den nächsten IVF-Versuch nicht mehr so schwer. Im Gegenteil. Ich war dabei, meinen Körper auf Vordermann zu bringen und hätte dazu noch mehr Zeit gebraucht. So vergingen die Tage und der 13. September kam.

IVF, zweiter Versuch

Endlich konnte ich es wieder versuchen. Endlich bekam ich eine neue Chance. Jetzt ging es wieder mit den Spritzen los. Diesmal würde ich sie mir selbst verabreichen.

Aber als ich am ersten Abend damit begann, fielen mit einem Mal alle Begeisterung und aller Eifer von mir ab. War das nicht alles ein Unsinn? Diese täglichen Spritzereien, die vielen Medikamente, war das nicht alles nur Mist? Bei diesem Spiel gab es nur ein Alles oder Nichts. Vor allem ein Nichts. Denn wenn es klappte, konnte immer noch eine Fehlgeburt eintreten. Aber wenn es nicht klappte, dann hatte man überhaupt nichts davon, war ein reiner Verlierer. Gewinnerin war bestenfalls die Endometriose ... Nein, aus. Ich hatte mich entschieden, also würde ich es durchziehen. Aber von der Begeisterung und Neugier wie beim ersten Mal war überhaupt nichts mehr vorhanden. Ich war eher genervt, lustlos. Und die Angst, dass es nicht klappen würde, kroch unaufhaltsam in mir hoch.

Als ich fünf Tage später zum Ultraschall erschien, war ich kreidebleich. »Was ist denn los?«, fragte Dr. Z. »Ich habe einfach Angst, dass es wieder nicht funktioniert«, flüsterte ich. »Sie müssen sich entspannen«, entgegnete er, »besuchen Sie einen Kurs für Autogenes Training.« Ich versprach, es mir zu überlegen.

Die Stimulation funktionierte wieder gut. Diesmal waren die Mengen niedriger dosiert, also überraschte uns kein drohender vorzeitiger Eisprung mehr. Dafür dauerte die Spritzenzeit länger. Insgesamt zwölf Tage lang musste ich mir täglich eine verpassen, zuletzt die eisprungauslösende Spritze. Dann stand wieder die Punktion an. Ich sprach mit Dr. Z. über die großen Schmerzen, die mir der letzte Transfer bereitet hatte. Er schlug vor, bei der Punktion das Gewebe des äußeren Muttermundes etwas auszudehnen, dann müsste dieses Problem behoben sein. Ich war damit einverstanden.

DIENSTAG FRÜH nüchtern ins Krankenhaus, Anmeldeformulare ausfüllen, Blut abnehmen lassen, Bett zugewiesen bekommen. Ich kam mir unendlich alt vor. Klaus gab seine Spermaprobe ab. Diesmal war ich nicht allein im Zimmer. Noch eine Patientin war da und wir schlossen sehr schnell Bekanntschaft: Rita war ebenfalls IVF-Patientin, 40 Jahre alt. Sie erzählte mir, dass dies nun ihr fünfter Versuch sei und dass sie vorher schon sechs Inseminationen hatte. Alle erfolglos. Ich war sprachlos. Was die Leute sich antun! So weit würde ich es nicht kommen lassen, nein, niemals! Ich konnte aber auch einen stummen Vorwurf an die Ärzte nicht unterdrücken. Was sie ihren Patientinnen alles zumuteten! Konnten sie sie nicht einfach in Ruhe lassen? Aber sicher: Wenn die Patientin es wollte, tat es der Arzt. Nur: Wollte die Patientin es *wirklich*?

Rita war guter Dinge. Diesmal würde es klappen, ganz bestimmt. Und wenn nicht: Sie hatte sich sechs Versuche vorgenommen und die würde sie durchziehen. Sie erzählte mir von ihren Schwierigkeiten, bei der Arbeit immer wieder freizubekommen. Alle Ausreden und Erklärungen hatte sie schon angewandt. Sie fehlte nämlich bei jedem Versuch eine ganze Woche, denn sie wollte sich absolut schonen. Ich dagegen hatte nur zwei Tage frei genommen: den der Punktion und den des Transfers. Ich fragte Rita, warum sie denn nicht schwanger wurde. Sie erzählte mir, dass sie zu jenen wenigen Prozenten Frauen mit unerklärbarer Sterilität gehörte. Alle Untersuchungen hatte sie machen lassen. Es war alles in Ordnung. Nur schwanger wurde sie nicht. Ich beneidete diese Frau nicht. Bei mir gab es wenigstens einen erklärbaren Grund für die Sterilität, nämlich meine Endometriose. Und ich war erst 33. Aber trotzdem: So weit würde ich es niemals kommen lassen, niemals. Vier Versuche, das war das absolute Maximum. Wenn überhaupt. Ich hatte ja schon jetzt keine rechte Lust mehr.

Rita lebte in einer eigenen Welt. Die Untersuchungen, Inseminationen, Spritzen, Punktionen, Transfers, Bluttests begleiteten sie schon seit Jahren, gehörten zu ihrem Alltag wie der Beruf. Sie erzählte mir von Frauen, die sie bei den anderen IVF-Versuchen kennen gelernt hatte. Eine erwartete jetzt Zwillinge. Eine andere war schon nach dem Transfer nicht nur felsenfest davon überzeugt, dass es klappen würde, nein, es würde mit Sicherheit ein Mädchen werden und sie hatte auch schon einen Namen dafür. Und die ersten Babysachen. Ich hörte staunend zu. Verrückt war das, verrückt. Befand ich mich in einem Irrenhaus? Was waren das für Frauen, die sich derart in ihren Kinderwunsch verrannten, dass sie jeden Realitätssinn verloren? Die ihre Vernunft, ihre Eigenverantwortung, ja ihre Selbstachtung am Krankenhausportal abzugeben schienen? Rita hatte eine ganze Reihe von Mythen auf Lager: dass man sich schon vierzehn Tage vor der Punktion absolut schonen müsse, dass man nach dem Transfer in einer bestimmten Position liegen müsse, tagelang. Sie deutete es schon als Fortschritt, wenn beim Bluttest der Wert, zwar deutlich unter 9, aber immerhin höher lag als beim letzten Versuch. Diese Mythen hatte sie in den vielen Gesprächen mit den anderen IVF-Patientinnen aufgeschnappt. Man hatte Telefonnummer ausgetauscht und stand noch in Kontakt. Die Frau mit dem Mädchenwunsch war übrigens immer noch nicht schwanger.

Rita war zuversichtlich, auch wenn sie zugab, dass die ganze Sache doch sehr anstrengend sei. Aber ihr Mann bestärkte sie in ihrem Optimismus. Er wünschte sich ja ebenso sehr ein Kind. Ich fragte sie, ob sie denn noch nie über Adoption nachgedacht hätten. Nein, eigentlich nicht, aber vielleicht sollte man das einmal. Ich fand Rita naiv und konnte mir das nicht erklären. Immerhin hatte sie eine leitende Position in einem großen Unternehmen inne. Die Allerdümmste konnte sie ja nicht sein. Aber in Bezug auf ihre Gesundheit schien sie wirklich jede Verantwortung aus der Hand gegeben zu haben. Sie gab es selbst zu: Sie vertraute den Ärzten blind.

WIR KAMEN DRAN, eine nach der anderen. Wieder kurze Narkose, Dr. Z. holte vier Eizellen heraus. Bei Rita waren es fünf. Er würde sie alle befruchten lassen. Nach ein paar Stunden gingen wir nach Hause. Beim Transfer würden wir uns wiedersehen.

Zwei Tage später rief ich im Krankenhaus an. Dr. Z. teilte mir mit, dass diesmal nur zwei Eizellen befruchtet worden waren. Ein Achtzeller und ein Sechszeller hatten sich gebildet. Oh je, nur zwei. Meine ohnehin geringe Hoffnung sank noch weiter. Aber wenigstens musste ich mir diesmal nicht wünschen, dass ein oder zwei Embryonen eingingen.

Am Freitag Transfer. Ich kam zu spät. Bisher hatte ich immer warten müssen, war nie zum verabredeten Zeitpunkt drangekommen. Also ließ ich mir Zeit. Aber genau diesmal begann alles pünktlich. Die Krankenschwester trieb mich an, Dr. Z. erwartete mich schon im OP. Das war mir nun peinlich. Ich zog mich flugs aus und ließ mich in den OP schieben. Mit Bangen erwartete ich den Transfer: Würde es wieder so wehtun wie beim letzten Mal oder hatte das Gewebeausdehnen tatsächlich geholfen? – Es tat nicht weh, kein bisschen! Was für eine Erleichterung! Schon war der Transfer vorbei und ich wurde ins Zimmer zurückgeschoben. Dort traf ich Rita, die schon drangekommen war. Fünf Embryonen hatte Dr. Z. ihr eingepflanzt. Fast war ich neidisch. Ihre Chancen auf Erfolg waren wohl viel höher als meine.

Nach einer Stunde kam Dr. Z. wieder. Er teilte uns mit, dass sein Dienst für heute beendet sei und er jetzt nach Hause gehe. In ein paar Stunden würde Frau Dr. R. nach uns sehen. Frau Dr. R. Erst wenige Wochen zuvor hatte ich erfahren, dass es neben Dr. Z. noch eine Expertin für Sterilität in diesem Krankenhaus gab, nämlich Frau Dr. R. Wenn ich das früher gewusst hätte, hätte ich mir wohl schon vor meinem ersten IVF-Versuch eine zweite Meinung eingeholt. Aber auf diesen Gedanken war ich gar nicht gekommen. Nun erwartete ich neugierig ihren Besuch. Mir brannte nämlich eine Frage auf der Zunge, die mir nur eine *Ärztin* beantworten konnte: ob sie bei sich selbst einen IVF-Versuch durchführen würde.

Endlich kam Frau Dr. R. Sie fragte, wie es uns ging, und versicherte sich, dass wir Bescheid wussten, was in den nächsten Tagen zu tun war: die Progesteron-Spritzen und das Gel zu nehmen. Wir wussten Bescheid. Schon wollte sie wieder gehen. Ich nahm meinen ganzen Mut zusammen und sagte: »Entschuldigung, darf ich Sie etwas fragen?« »Bitte.« Sie sah mich aufmunternd an. Ich beschloss, schrittweise vorzugehen. Schließlich kannte ich sie nicht und wusste nicht, wie sie auf meine Frage reagieren würde. Vielleicht fand sie sie zu persönlich. »Wie viele Sterilitätspatientinnen haben Sie?« Sie lachte. »Oh, eine ganze Menge.« Dann wurde sie wieder ernst. »Viele. Ich weiß die genaue Zahl nicht.« »Und wie viele werden nach den verschiedenen Behandlungen tatsächlich schwanger?« »Das lässt sich jetzt schwer sagen. Es hängt vom Problem ab, das die einzelne Frau hat, und von der Methode, die wir anwenden. Es hat auch nicht jede Patientin das Ziel, schwanger zu werden. Manche kommen und wollen einfach nur wissen, was bei ihnen das Problem ist. Allgemein kann man sagen – und das werden Sie vermutlich wissen –, dass im Falle von IVF die Erfolgsrate weltweit bei etwa 25 Prozent pro Versuch liegt. Von Meldungen mit höheren Erfolgsraten halte ich nichts.« Ich schöpfte langsam Vertrauen. Diese Ärztin gab bereitwillig Auskunft und sie schien keine Berührungsängste zu haben. Rita schaltete sich in das Gespräch ein. Sie erzählte, dass es bei ihr keine objektive Erklärung für das Nicht-Schwanger-Werden gab. Frau Dr. R. bestätigte die Existenz dieser sogenannten ›idiopathischen Sterilität‹. Sie verwies aber auch darauf, dass das Schwangerwerden eine rational schwer erfassbare Sache sei, in die viele Einflüsse mit hineinspielten: Alter der Frau, körperliche Situation, psychische Verfassung. Schon oft seien Schwangerschaften eingetreten, obwohl alles dagegen sprach: Spermiogramm, Myome, Zysten, Endometriose ... Und bei anderen, scheinbar gesunden Patientinnen tat sich nichts. Dann wurden Versuche über Versuche gemacht, alle erfolglos, und als die Frau schließlich aufgab, wurde sie von alleine schwanger.

»Ich habe Endometriose«, sagte ich, »ein Eierstock wurde mir schon entfernt. Und jetzt die IVF-Versuche, damit ich bald schwanger werde. Denn die Endometriose könnte ja wiederkommen.« »Die Endometriose kommt bestimmt wieder«, entgegnete Frau Dr. R. trocken. Das war eine klare Aussage. Dennoch deprimierte sie mich nicht. Überhaupt gefiel mir diese Ärztin. Sie unterhielt sich insgesamt fast eine dreiviertel Stunde mit uns, obwohl wir nicht ihre Patientinnen waren. Es war ein gutes Gespräch. Und ich schätze gute Gespräche mit Ärzten. Frau Dr. R. schien darin ein Naturtalent zu sein.

»Sagen Sie«, begann ich vorsichtig, »würden Sie an sich selbst einen IVF-Versuch durchführen?« »Ganz bestimmt nicht«, antwortete sie mit Entschiedenheit, »ich würde aber auch kein Kind adoptieren.« »Haben Sie selbst Kinder?« »Nein.« Klare Antworten. Und keine Spur von peinlicher Berührtheit. Wir unterhielten uns noch über alles Mögliche. Ich teilte meine Zweifel darüber mit, ob Männer sich unter Begriffen wie ›Regelschmerzen‹ überhaupt etwas vorstellen können. Und äußerte den Verdacht, dass sie dadurch, dass ihnen die Empfindungen des weiblichen Körpers immer fremd bleiben werden, vielleicht leichter und schneller zu Eingriffen wie Operationen, IVF usw. neigten. Frau Dr. R. stimmte prinzipiell zu, auch wenn man nicht verallgemeinern dürfe. Und oft waren es auch die Patientinnen, die den Arzt zu Eingriffen drängten, die er von sich aus nicht vorgenommen hätte. Ein komplexes Thema. Aber interessant. Ich hätte noch stundenlang darüber reden können.

Als Frau Dr. R. wieder gegangen war, blieb eine Überzeugung zurück: Der IVF-Versuch hatte nicht geklappt. Warum ich davon überzeugt war? Ich weiß es nicht. Ich spürte es einfach.

KLAUS HOLTE mich ab. Er war in der Zwischenzeit in der Stadt gewesen. Ich hatte ihn beauftragt, mir zwei Bücher zu besorgen: eines über Buddhismus, denn ich wollte die Kunst der Gelassenheit erlernen, und ein Gesundheitsbuch. Er brachte beides mit. Zu Hause vertiefte ich mich sofort in das Gesundheitsbuch. Es war ein Buch über weibliche Gesundheit, neu erschienen und Naturheilkunde und Schulmedizin gleichermaßen berücksichtigend. Ein eigenes Kapitel war der Endometriose gewidmet. Damit begann ich. Ich glaubte nicht, dass der IVF-Versuch geklappt hatte, und war bereit, den Kampf gegen die Endometriose wieder aufzunehmen. So schnell würde sie mich nicht kleinkriegen.

Zwei Dinge aus diesem Kapitel prägten sich besonders in mein Gedächtnis ein: der Hinweis auf einen Tee, der helfen sollte, und auf die Homöopathie, die angeblich vielen Endometriosepatientinnen, die mit IVF nicht schwanger geworden waren, auf natürliche

Weise zu einem Kind verholfen hatte. Die Homöopathie. Ich musste sie endlich ausprobieren! Beim Tee handelte es sich um Frauenmanteltee. Noch nie hatte ich von diesem Kraut gehört. Im Buch stand: »Es reguliert den Hormonhaushalt der Frau, hilft bei zu starken Blutungen und lindert Menstruationsschmerzen.« Genau das Richtige für mich. Ich schickte Klaus sofort in die Apotheke und ließ mir ein Päckchen davon bringen. Dazu noch eine Teemischung, ebenfalls aus diesem Buch, die helfen sollte, Fehlgeburten zu verhindern. Vielleicht waren die Embryonen ja noch da und dieser Tee half ihnen beim Einnisten. Beim Buch über den Buddhismus dagegen brachte ich es nicht weit. Ich schaffte es einfach nicht, diese Weltanschauung mit meinem Kinderwunsch zu vereinbaren. Schließlich glauben die Buddhisten, dass alles Leben Leiden und dass das Schönste und einzig Erstrebenswerte das Aufgehen im Nirwana, das Erlöschen ohne Wiedergeburt sei. Da ist es doch gleich besser, gar nicht geboren zu werden, oder? Die Christen haben es in dieser Hinsicht leichter. Die haben ja sozusagen den göttlichen Auftrag, hinzugehen und sich zu vermehren. Auch wenn das heutzutage absurd ist, zumindest in manchen Ländern.

Die nächsten elf Tage verbrachte ich in resignativer Ungeduld. Meine Gemütsstimmung war jener beim ersten Versuch diametral entgegengesetzt: Grundsätzlich davon überzeugt, dass es nicht geklappt hatte, blitzte manchmal doch Hoffnung auf. Vielleicht hatte es ja funktioniert, irrtümlicherweise sozusagen. Obwohl ich viel vom Einfluss der Psyche auf das Schwangerwerden gehört hatte, glaubte ich nicht, dass meine Stimmung den Erfolg oder Misserfolg des Versuchs beeinflusste. Entweder die Embryonen hatten ein Plätzchen zum Andocken gefunden oder nicht. Ob ich daran glaubte oder zweifelte, war irrelevant.

Elfter Tag abends. Auch diesmal wollte ich das Ergebnis des Bluttests vorweg erfahren. Ich war allein zu Hause. Schwangerschaftstest - Urinstrahl - Warten. Negativ. Ich legte mich aufs Bett. Weinte ein bisschen. Als Klaus nach Hause kam, hatte ich mich schon wieder gefangen. Aber auch diesmal war ich nicht cool genug, um auf den Bluttest zu verzichten. Am Morgen im Labor traf ich Rita. Sie sah mich an. »Bei mir ist nichts«, sagte ich, »ich habe gestern einen Schwangerschaftstest gemacht.« Rita wusste noch nicht, wie es bei ihr ausgegangen war. Seit ihr eine Bekannte erzählt hatte, dass Schwangerschaftstests eine Schwangerschaft erst anzeigen, wenn der Wert bei mindestens 20 liegt, machte sie keinen mehr, sondern wartete den Bluttest ab.

DIESMAL WAR die Regel noch fieser. Sie kam am Nachmittag nach dem Test. Schmerzhaft war sie nicht besonders, aber der ganze Körper fühlte sich krank an. Klaus und ich hatten an diesem Nachmittag frei. Wir fuhren in die Stadt und machten einen Einkaufsbummel. In einer Buchhandlung fand ich einen psychologischen Ratgeber für Paare mit unerfülltem Kinderwunsch. Lieber hätte ich natürlich ein Buch über Schwangerschaft gekauft. Aber das war jetzt nicht angebracht. Ich fing das Buch noch im Auto an zu lesen. Es tröstete mich ein wenig und half mir, die Sache etwas aus der Distanz zu betrachten. Die Psychologen rieten eindringlich dazu, nach jedem gescheiterten IVF-Versuch eine Denkpause einzulegen und sich immer wieder zu fragen, was man eigentlich wollte und welchen Preis man dafür zu zahlen bereit war. Das half mir bei meiner Entscheidung: Ich wollte so schnell keinen weiteren Versuch machen. Brauchte dringend eine Pause. Musste mich seelisch von diesen Rückschlägen erholen. Und mich neu orientieren. Der Glaube daran, dass es mit IVF klappen würde, war auf Null gesunken, der Ofen war aus.

Und das Zeugen eines Kindes musste wieder jene Intimität erhalten, die es verdiente. Es war eine Sache zwischen meinem Mann und mir und niemandem sonst. Die ›Veröffentlichung‹ des Zeugungsaktes hatte mir noch nie ganz behagt. Ich wollte keinen Arzt, Anästhesisten, keine Biologin oder Krankenschwester mehr dabei haben; Ultraschallgerät, Punktionsnadel, Petrischale, Brutschrank, Transferschlauch und was sonst noch, ich konnte darauf verzichten. Und auf das grelle Licht. Das Geheimnis der Schöpfung neuen Lebens muss sich im Dunkeln vollziehen, im Dunkeln des Körpers und im Dunkeln der Intimität.

Ich rief Dr. Z. an. »Wieder nichts«, sagte ich. »Sapperlot!«, rief er, »versuchen wir es noch einmal?« »Ich muss mit Ihnen reden«, sagte ich mit ausdrucksloser Stimme. »Gut«, antwortete er, »kommen Sie morgen.« Er schob mich immer wieder ein, obwohl er mit Terminen voll war. Das rechnete ich ihm hoch an. Ich nahm dafür auch das Warten in Kauf. Diesmal aber musste ich sehr lange warten. Ohnehin nicht in der besten Stimmung, frustrierte mich das noch mehr als sonst. Immerhin war ich schon zu einer richtigen Zeitjongleurin geworden, was die Vereinbarung meiner vielen Arzttermine mit der Arbeit betraf. Aber alles hatte seine Grenzen. Als ich ins Sprechzimmer trat, war ich total entnervt. Es wurde kein gutes Gespräch. Mein ganzer Frust entlud sich plötzlich, ohne dass ich es wollte. Ich warf Dr. Z. vor, mich viel zu wenig auf diese Enttäuschungen vorbereitet zu haben, und gab die Schuld daran der Minimalkommunikation, die wir bisher geführt hatten und mit der ich nicht mehr einverstanden war. Ich fühlte mich im Stich gelassen, orientierungslos, war nicht im Mindesten imstande, meine Situation einzuschätzen, meine Chancen auszurechnen. Und er half mir nicht dabei.

Dr. Z. riss sich zusammen, auch wenn es ihm schwer fiel. »Was die Frauen immer alles wollen«, rief er, »die eine will dies, die andere das, und alles am besten gleich und kostenlos. Ich stehe ohnehin schon Kopf, um alle unterzubringen und alle Wünsche zu erfüllen, aber sie sind ja nie zufrieden! Was soll ich denn noch tun? – Ihre Vorwürfe mir gegenüber sind nicht fair«, fuhr er fort, »aber ich nehme es Ihnen nicht übel. Sie befinden sich jetzt psychisch in einer schwierigen Situation. Das verstehe ich. Wenn Sie wollen, besorge ich Ihnen einen Termin bei unserer Psychologin.« Das brachte mich vollends auf die Palme. »Ich brauche keine Psychologin. Es würde mir genügen, wenn ich einmal mit *Ihnen* reden könnte.« Das war ein schweres Geschütz. »Vielleicht sollten Sie Arzt wechseln«, sagte er. Und ich: »Ja, vielleicht sollte ich das wirklich.« Er kramte in den Unterlagen. »Was wollen Sie jetzt tun?«, fragte er. »Vor allem will ich wissen, ob mein Eileiter frei ist. Sie sagten einmal, Sie vermuten, dass er zu ist, aber das ist mir zu wenig, ich will es *wissen*.« Ich hatte beschlossen, die Regie zu übernehmen. Nun würden Nägel mit Köpfen gemacht. Wenn der Eileiter frei war, dann wollte ich versuchen, auf natürliche Weise schwanger zu werden. Zumindest wollte ich überprüfen, ob das denn wirklich ausgeschlossen war. Denn bisher hatte ich es ja noch nie ernsthaft versucht. »Gut«, erwiderte er, »machen wir eine Hysterosalpingographie.«

Zum Glück habe ich in der Schule Griechisch gehabt, sodass mich dieses Wort nicht völlig erschlug. ›Hystera‹ ist die Gebärmutter und ›Salpinx‹ war doch – die Trompete? Ach so, der Eileiter war gemeint, der in seiner Form irgendwie einem Blasinstrument mit engem Rohr und breitem Trichter ähnelt. Alles klar. »In Ordnung«, antwortete ich. Wir setzten den Termin gleich für drei Tage später fest.

Zu Hause hatte ich ein schlechtes Gewissen wegen meines Frustausbruchs. Auch wenn ich mich nicht ganz im Unrecht fühlte. Ich vermisste bei Dr. Z. offene, ausführliche Gespräche und wohl auch ein wenig Trost. Auf beides glaubte ich als Patientin Anrecht zu haben. Wenn er mich auch nur ein bisschen an seiner jahrelangen Erfahrung, vor allem mit Endometriose-Patientinnen, hätte teilnehmen lassen, wäre mir schon geholfen gewesen. Auch in dem psychologischen Ratgeber klagten betroffene Paare über zu wenig Aufklärung und psychologische Hilfestellung von Seiten mancher Ärzte. Ich beschloss, Dr. Z. einen Brief zu schreiben und darin meine Sorgen und Nöte noch einmal in Ruhe darzulegen. Auch wollte ich ihm dieses Buch zeigen. Vielleicht würden wir darüber wieder zueinander finden.

Drei Tage später also die Hysterosalpingographie. Auch kein angenehmes Unterfangen. Ein Katheter wird in die Gebärmutter geschoben. Diesmal tat es wieder ein bisschen weh. Dann brachte mich Klaus – im Rollstuhl! – in die Röntgenabteilung. Eine interessante Erfahrung, die Welt einmal aus der Sicht einer Rollstuhlfahrerin zu erleben! Dort musste ich mich auf den Behandlungstisch legen, über mir ein Riesengerät. Dieses wurde ein paar Mal hinauf- und hinuntergehievt, ich durfte mich dabei nicht rühren. Eine Kontrastflüssigkeit wurde in den Eileiter gespritzt, damit man sehen konnte, ob er durchgängig war. Er war es! Ich durfte wieder aufstehen und eilte in die Gynäkologie, um es Dr. Z. mitzuteilen. Er sagte, ich solle auf jeden Fall den Befund abwarten und dann wiederkommen. Den Brief hatte ich auch mit. Aber wir waren an diesem Tag keinen Augenblick allein. Also gab es keine Gelegenheit, ihn zu übergeben. Enttäuscht nahm ich ihn wieder mit.

An diesem Abend stießen Klaus und ich mit Sekt an. Wir feierten den freien Eileiter. Ich sah das wirklich als gutes Zeichen an. Denn wäre er verschlossen gewesen, wäre mir IVF nicht erspart geblieben. So aber schien die Natur mir eine Chance zu geben. »Versuch es einmal so«, sagte sie, »mach dich nicht mit IVF verrückt. Es gibt noch andere Wege. Ich bin immer für Überraschungen gut.«

Mein Entschluss stand fest: Ich wollte es auf natürliche Weise versuchen. Zumindest für ein halbes Jahr. IVF rannte mir ja nicht davon.

ZEHN TAGE SPÄTER hatte ich den Befund in der Hand. Er bestätigte das erste Ergebnis, der Eileiter war frei. Ich ging wieder zu Dr. Z. Als ich die Treppe zur Gynäkologie hinaufstieg, nahm ich zum ersten Mal wahr, welch unbewusste Wandlung sich auf diesem Weg immer an mir vollzog. Mit jeder Stufe, die ich nahm, wurde ich kleiner und kleiner. Startete im Parterre eine selbstbewusste junge Frau, kam im zweiten Stock ein eingeschüchtertes kleines Mädchen an. Herzklopfen, kurzer Atem, die eben noch klaren Gedanken verwirrt, die eben noch festen Entschlüsse schwankend. Der Wunsch, auf dem Treppenabsatz wieder kehrtzumachen. War es die Atmosphäre, der Geruch, die desinfizierte, farblose Welt, in die ich dort immer trat? So viel stand jedenfalls fest: Ich musste dieser Welt eine Zeitlang den Rücken kehren.

Wieder bei Dr. Z. Den Brief hatte ich mittlerweile ergänzt und ausgefeilt, er war ein richtiges Schmuckstück geworden. Aber ich ahnte bereits, dass es auch heute nichts mit der Übergabe würde. Wie es denn mit Rita ausgegangen sei, wollte ich wissen. »Auch nichts«, antwortete er. Ich hatte ein Buch über Endometriose dabei, geschrieben für Ärzte und Patientinnen. Ein sehr gutes Buch, meiner Meinung nach, auf das ich noch zurückkommen werde. Ich fragte ihn, ob er es kannte. Er warf einen kurzen Blick darauf. »Das ist wohl für Laien geschrieben und keine Fachliteratur. Nein, ich kenne es nicht.« Thema erledigt. Ich teilte ihm mit, dass ich jetzt einmal eine Pause einlegen wollte, zumindest für ein paar Monate. Er war einverstanden. »Nehmen Sie in dieser Zeit aber die Pille«, sagte er. Ich traute meinen Ohren nicht. Er wusste genau, dass ich die Pille verabscheute. Und dass ich schwanger werden wollte, musste ich ihm wohl nicht erst erklären. »Warum, bitte, soll ich die Pille nehmen?«, fragte ich also, und ein leicht verwundert-gereizter Unterton in meiner Stimme ließ sich nicht mehr unterdrücken. »Wegen der Endometriose«, antwortete er. Da war etwas dran und zugleich doch nicht. Die Pille bewirkt bei manchen Endometriose-Patientinnen eine Linderung der Beschwerden. Allerdings traf das auf mich nicht zu. Im Gegenteil. Hatte ich ihm nicht schon hundertmal von meinen Regelschmerzen während der Pillenzeit erzählt? Und es kann ja auch keine Rede davon sein, dass die Pille die Endometriose aufhält. Dafür waren neben mir noch unzählige Frauen, die ich in den Internet-Foren kennen gelernt hatte, der beste Gegenbeweis. Was also würde die Einnahme der Pille anderes bewirken, als mich unglücklich zu machen? Aber ich wollte nicht mehr darüber reden und sagte nur düster: »Wenn ich die Pille nehmen muss, kriege ich Depressionen.«

IVF, Pille, ich empfand das alles nur mehr als Gewalt, die meinem Körper angetan wurde. Sinnlose, überflüssige Gewalt. Ruhe und Erholung und eine sanfte, liebevolle Pflege, das war es, was Körper und Seele jetzt dringend brauchten, sonst gar nichts. Ich würde es nicht mehr zulassen, dass ihnen Gewalt angetan wurde. »Wie Sie wollen«, antwortete er, leicht beleidigt. Ich bat ihn noch, mir einen Termin bei Frau Dr. R. zu besorgen, denn ich wollte mir eine zweite Meinung einholen. Er hatte kein Problem damit. Dann zeigte ich ihm den psychologischen Ratgeber und fragte, ob er ihn lesen wolle. Ich hätte das sehr wichtig gefunden. Aber er sagte, er habe das nicht nötig. Na gut. Nun musste ich ihm nur noch den Brief geben. Mit all den Dingen darauf, die ich ihm so gerne gesagt hätte. Aber kaum wollte ich das tun, ging die Tür auf und eine Krankenschwester kam herein. Dr. Z. hatte sie rufen lassen, sie musste etwas für ihn vorbereiten. Wir waren nicht mehr allein. Ich gab auf, packte mein Zeug und ging. Mein Gefühl sagte mir, dass dies mein letzter Besuch bei Dr. Z. gewesen war.

Alice

Ich stand also wieder ganz am Anfang meines Kinderwunsches. Ernüchtert, enttäuscht, seit fünf Monaten auf der Stelle tretend. Für die beiden Kinder, die ich diesmal verloren hatte, gab es kein Denkmal mehr; ja, ich machte mir nicht einmal Gedanken darüber, welches Geschlecht die armen Geschöpfe wohl gehabt haben mögen.

Ich musste mir etwas Gutes tun, eine Freude machen, ein Geschenk. Wenn mir schon ein Kind nicht vergönnt war, so musste es doch etwas anderes geben, was mir Freude bereitete. Und ich wusste auch schon, was: ein Hund. Wer nun aber glaubt, ein Hund sei für mich ein schneller und billiger Kind-Ersatz gewesen, liegt völlig falsch. Seit ich mit Klaus in einem Haushalt zusammenlebte und sich bei mir zum ersten Mal ein richtiges Familiengefühl entwickelt hatte – und das war schon neun Jahre her –, wünschte ich mir einen Hund. Ich wollte schon einen Hund haben, da waren Kinder noch überhaupt kein Thema. Jahrelang aber konnte ich mir diesen Wunsch nicht erfüllen. Zunächst gestattete es uns die berufliche Situation nicht. Denn solange wir beide Vollzeitjobs hatten, wäre einfach nicht genügend Zeit für einen Hund gewesen. Außerdem lebten wir lange Zeit in der Stadt und dort in einer kleinen Wohnung. Das war wirklich nichts für einen Hund, abgesehen davon, dass die Hausordnung keine Hunde erlaubte. So hatten wir es dort und weiterhin ›nur‹ bis zu einem Hamster gebracht. Zur Zeit war es Maxi, Hamster Nr. 5. Irgendwann hatte sich schließlich der Vorsatz durchgesetzt: »Wenn wir einmal ein Kind haben, dann besorgen wir uns auch einen Hund.« Denn dann müsste einer von uns ja doch zu Hause bleiben.

Nun lebten wir auf dem Land, ich hatte eine fixe Teilzeitstelle, aber das Kind kam nicht. Und ich fragte mich: »Willst du wirklich auf diesen Herzenswunsch verzichten, nur weil kein Kind kommt?« Nein, diese Freude wollte ich mir nicht auch noch versagen. Kind oder nicht Kind, der Hund musste her.

Klaus und ich waren uns einig, dass es ein kleiner bis mittelgroßer Hund sein sollte. Denn Hund ist Hund und ein kleiner braucht weniger Auslauf und hat in unserer Wohnung leichter Platz. Und wir wollten den Hund aus dem Tierheim holen. Irgendein teurer Rassehund kam nicht in Frage, gab es doch im Tierheim genügend arme Wesen, die sehnsüchtig darauf warteten, ein Zuhause zu finden. Jede Woche standen welche in der Zeitung.

Wir fuhren zum Tierheim. Eigentlich wollten wir uns nur einmal umsehen. Es war nicht unser erster Besuch. Schon öfter hatten wir uns dort die Hunde angesehen und kannten auch den Pfleger. Wir gingen die Zwinger entlang. Wie immer waren kleine Hunde Mangelware, an großen fehlte es nicht. Jeder Hund hatte seine eigene Art, sich anzupreisen: Die einen kläfften, die anderen winselten. Manche wedelten einfach mit dem Schwanz und sahen uns erwartungsvoll an. Andere sprangen mit den Vorderpfoten das Gitter hoch. Kaum einer ignorierte uns. In einem Zwinger waren drei Hunde, ein großer und zwei kleine. Der große trug eine Halskrause. Er lief sofort her und bellte. Der kleine schwarze bellte ebenfalls. Dann gab es noch den kleinen schwarz-weißen. Der gab keinen Ton von sich, aber er drückte sich so dicht seitlich an das Gitter, dass sich die Lefzen hoben und ich seine Zähne sah. Sie waren sehr schön. »Der käme vielleicht in Frage«, sagte ich. Wir gingen weiter. An kleinen Hunden gab es ansonsten nur noch ein Dackelgeschwisterpaar. Sie waren sehr süß. Aber sie bellten wie verrückt. Der Pfleger hatte uns bereits gesagt, dass sie erst am Tag vorher abgegeben worden waren; der Besitzer hatte das viele Bellen nicht mehr ausgehalten.

Wir standen wieder in der Halle. »Also, welcher gefällt euch?«, fragte der Pfleger. »Eventuell der kleine schwarz-weiße«, antwortete ich. Und er: »Ich hole ihn euch gleich.« Schon kam er zurück, den Hund an einer Leine. Die drückte er mir in die Hand. »Macht doch eine kleine Runde mit ihm draußen im Hof«, meinte er. Wir gingen hinaus. Ich fühlte mich ganz sonderbar mit der Leine in der Hand. Ich hatte noch nie einen Hund besessen, war nur manchmal, selten, mit dem Hund von Verwandten oder Freunden spazieren gegangen.

Zu meinen Füßen ein schwarzhaariges, langes Etwas, das den Kopf nicht hob und keinen Laut von sich gab. Ich muss diesen Hund jetzt näher beschreiben. Er hatte lange Haare; Rücken, Kopf (bis auf einen Fleck über der Nase) und Schwanz schwarz, Brust, Bauch, Läufe und Schwanzspitze weiß. Lange Ohren, die er nicht aufrecht halten konnte, sodass die Spitzen nach vorn fielen. Ganz offensichtlich war er eine Mischung: Dackel und Spitz waren eindeutig vertreten, auch eine Prise Collie war dabei. Ich habe später einmal in einem Hunderassenbuch nachgesehen. Dort entsprach er am ehesten dem ›Langhaarigen Dachshund‹. Die Mischung hatte eine unvorteilhafte Spur hinterlassen, eine körperliche Unvollkommenheit: Der Hund hatte einen im Verhältnis zu den kurzen Beinen viel zu langen Körper. Damit die Proportionen stimmten, hätte er entweder etwas höher oder etwas kürzer sein müssen. »Wie gefällt er dir?«, fragte Klaus. »Ich weiß nicht, er sagt überhaupt nichts«, antwortete ich. Tatsächlich schien dieser Hund völlig passiv zu sein. Widerstandslos ließ er sich von uns führen, streicheln, schnüffelte kaum an unseren Händen, sah nicht zu uns herauf und ließ auch nichts hören. Er machte einen ganz eingeschüchterten Eindruck. Klaus gefiel er recht gut und er wollte ihn behalten. »Aber dann haben wir einen stummen Hund«, protestierte ich schwach. Ich glaubte wirklich, dass dieser Hund weder knurren noch bellen konnte. Nun nahm Klaus die Leine. Auch das ließ er ohne Protest zu. Wir gingen noch ein bisschen hin und her. »Wie wollen wir ihn nennen?«, fragte Klaus. »Vielleicht ›Wurm‹?«, sagte ich halb im Scherz. Der Hund kam mir so unendlich lang vor. Wir mussten lachen.

Wir gingen zurück in die Halle. Der Pfleger erzählte uns mehr über den Hund. Es war ein Weibchen, seit einem Monat im Tierheim. Der Hundefänger hatte es irgendwo aufgegriffen, es war wohl ausgesetzt worden. Nachdem sich auch nach drei Wochen kein Besitzer gemeldet hatte, wurde das Tier sterilisiert und zur Adoption freigegeben. Der Tierarzt schätzte sein Alter auf ein halbes bis ein dreiviertel Jahr. Dass der Hund so jung war, freute mich. Ich hatte mir immer einen möglichst jungen Hund gewünscht. »Kann es sein, dass dieser Hund nicht bellen kann?«, fragte ich. »Das glaube ich nicht«, antwortete der Pfleger lachend, »aber ich gebe zu, dass er in dem Monat, seit er hier ist, noch nie einen Laut von sich gegeben hat. Er ist einfach eingeschüchtert und ängstlich. Aber das legt sich mit der Zeit.« »Wir werden es uns überlegen ...«, sagte ich. Der Hund gefiel mir, aber ganz überzeugt war ich nicht. Und schließlich sollte er ja die nächsten zwölf bis fünfzehn Jahre mit uns teilen. »Aber nein«, sagte Klaus energisch, »wir nehmen ihn.« »Ihr könnt ihn sofort haben, wenn ihr wollt«, erwiderte der Pfleger. Er war froh um jeden Hund, den er los wurde. »Aber wir haben ja noch gar nichts zu Hause, kein Halsband, keinen Futternapf, kein Körbchen«, protestierte ich. Mir ging das alles viel zu schnell. »Das kann ich euch alles leihen, und Futter gebe ich euch auch mit«, antwortete der Pfleger. »Einverstanden«, sagte Klaus. Ich musste mich fügen. Diesmal übernahm mein Mann das Kommando. Es waren noch ein paar Formalitäten zu erledigen, dann konnten wir mit ›unserem‹ Hund nach Hause gehen. Ich fühlte mich überrumpelt.

Das Einsteigen ins Auto gestaltete sich schwierig. Der Hund sollte am Boden des Beifahrersitzes, also vor meinen Füßen Platz nehmen. Er sträubte sich. Klaus musste ihn ins Auto heben. Das Fahren behagte ihm auch nicht. Vielleicht erinnerte es ihn an die Fahrt mit dem Hundefänger. Ich streichelte ihn während der ganzen Fahrt und redete beruhigend auf ihn ein. Endlich waren wir zu Hause. Wir gingen in die Wohnung, legten eine Decke an den für den Hund bestimmten Platz im Flur, richteten den Wasser- und den Futternapf her und ließen den Hund zunächst einmal in Ruhe. Vorsichtig erkundete er die Wohnung. Wir machten uns inzwischen auf Namenssuche. Bald schon war ein Name für unser Hundemädchen gefunden: Es sollte ›Alice‹ heißen. Nach einer Stunde unternahmen wir den ersten Spaziergang mit ihr. Ein komisches Gefühl, plötzlich als Hundebesitzerin aufzutreten. Die Nachbarn nahmen Alice wohlwollend zur Kenntnis. Sie war nur ein Hund mehr in unserer Straße.

Trotz ihrer Schüchternheit fällte Alice noch an diesem ersten Tag die Entscheidung darüber, wer ihr Herrchen war: Es war Klaus. Zuerst kam er, dann kam ich, dann kam sie. Das stand von Anfang an für sie fest. Und es hat sich bis heute nicht geändert.

LANGSAM, LANGSAM taute das kleine Tier auf. Offensichtlich fühlte es sich wohl und sah uns sehr schnell als seine neue Familie, oder besser, sein neues Rudel an. Dies zeigte sich bereits am nächsten Tag. Da kam uns nämlich meine Mutter besuchen, um sich den neuen Hund anzusehen. Und siehe da, als sie in die Wohnung treten wollte – knurrte Alice! Ich war völlig überrascht. Sie konnte also doch knurren. Und sie wusste bereits, wer zu ihr gehörte und wer nicht. Das war schon etwas.

Der erste Wuffer kam drei Tage später, ein Freudenausdruck darüber, dass wir mit ihr spazieren gehen wollten. Und auch der erste richtige Beller ließ nicht mehr lange auf sich warten. Sie war tatsächlich ein richtiger Hund! Von nun an ging es ständig bergauf. Mit jedem Tag wurde Alice fröhlicher, offener, lebhafter, ein richtiger Rabauke. Mussten wir sie in den ersten Wochen noch vor anderen Hunden in Schutz nehmen, wurde sie mit der Zeit immer dreister und kläffte schließlich auch weitaus größere Hunde an. Das brachte sie und uns manchmal in richtig brenzlige Situationen. Sie hob nun auch selbstbewusst Kopf und Schwanz, sodass ihr Körper nicht mehr so lang gezogen wirkte. Da kam erst heraus, was für ein überaus hübscher Hund sie eigentlich war. Die Stupsnase, die Hängeohren, der unsymmetrische weiße Fleck mit den zwei schwarzen Punkten über der Nase, die weiße Schwanzspitze, die leicht nach außen gedrehten Vorderpfoten – fast kein Spaziergang verging, an dem nicht von irgendwo ein entzücktes »Was für ein süßer Hund!« zu uns herüberschallte. Durch den schwarzen Kopf und Rücken und die weiße Brust schien sie einen Frack zu tragen, sie war sozusagen immer in Gala unterwegs.

Ich entwickelte eine immer größere Liebe zu diesem Tier. Alice und ich hatten ja auch einiges gemeinsam: eine riesige Narbe auf dem Bauch und ein gewisses Frustgefühl, wenn wir eine Schwangere (Frau oder Hündin) erblickten. Hinsichtlich der Chancen auf eine Schwangerschaft stand ich trotz meiner Schwierigkeiten noch deutlich besser da als sie. Mit gemischten Gefühlen hatte ich vernommen, dass sie sterilisiert worden war. Sterilisiert heißt eigentlich kastriert, Eierstöcke und Gebärmutter waren ihr entfernt worden. Genau jenes Schicksal hatte sie also ereilt, dem ich noch entronnen war. Aufgrund dieser Erfahrung hätte ich sie wohl nicht sterilisieren lassen, auch wenn viele Tierärzte dazu raten: Eierstock- und Gebärmutterkrebs bleiben ihr dadurch erspart und uns die Unannehmlichkeiten der Läufigkeit. Und im Tierheim hatte man uns erklärt, dass die Sterilisation ein Schutz für den Hund sei: eine Deckung durch einen viel größeren Hund und eine dadurch vielleicht äußerst problematische und schmerzhafte Trächtigkeit waren damit ausgeschlossen.

Der liebe Gott hatte Alice an einem Sonntag erschaffen. Am berühmten siebten Tag. Träge saß er im Paradiesgarten, noch ganz erschöpft von einer so kreativen Woche, und betrachtete selbstgefällig sein Werk. Es war alles wunderbar, der blaue Himmel mit den Wattewölkchen, das glasklare sprudelnde Wasser, die üppig sprießende Natur, die Tiere des Feldes, die Vögel des Himmels, die Bäume, die Flüsse. Es war zu perfekt. Nun gut, Adam und Eva waren vielleicht nicht besonders gelungen, sie wirkten linkisch und dumm, Gott musste zugeben, dass ihm zuletzt die Phantasie ein wenig ausgegangen war. Aber etwas fehlte noch. Ein Maskottchen, ein Clown, ein Wesen, das die Ernsthaftigkeit der Schöpfung ein bisschen auflockerte. Er begann auf einem Blatt Papier zu kritzeln. Es durfte nicht perfekt sein, denn perfekt war schon alles ringsum. Eine spitze Schnauze, ein lustiger Schnurrbart, wuschelige Ohren, tapsige Pfoten, eine lange Wirbelsäule, hinten höher als vorne, ein langer, buschiger Schwanz. Das Ganze auf zu kurzen Beinen. Die Oberseite in Schwarz, die untere in Weiß getaucht – fertig. Schon sprang das kleine Wesen vom Papier und verschwand zwischen den Apfelbäumen.
Von nun an sah man es einmal da, einmal dort auftauchen, es lebte unbehelligt im Paradies, neugierig an Sträuchern schnüffelnd, Hühner und Katzen aufscheuchend, edle Rassehunde ankläffend. Der liebe Gott

hatte es schon wieder ganz vergessen. Er musste sich eben mit Adam und Eva herumärgern, die ein Verbot missachtet hatten. Er beschloss, sie aus dem Paradies zu werfen, ohne allzu großes Bedauern, Meisterwerk waren sie ohnehin keines gewesen. Die Ausgangspforte öffnete sich ächzend, Adam und Eva traten hinaus, und von allen unbemerkt entschlüpfte auch das kleine Wesen, auf der Suche nach neuen Gerüchen und neuen Abenteuern.

Seither streifte es durch die Welt, immer allein, immer frei, bis ihm schließlich ein großer Knochen am Straßenrand zum Verhängnis wurde. Er roch zu verlockend und war zu groß zum Wegtragen. Das Hündchen stürzte sich in den Verzehr, die Welt um sich herum völlig vergessend, unaufmerksam, alle Sinne auf diesen Leckerbissen gerichtet — da packte es der Hundefänger von hinten und brachte es ins Tierheim. Es erschrak derart, dass es einen Monat lang keinen Laut mehr hervorbrachte. So machte es unsere Bekanntschaft.

Alice heiterte mein Gemüt auf und sorgte für ausreichende Bewegung. Das war mir wichtig, denn Bewegung fördert die Darmtätigkeit und stärkt das Immunsystem. Jeden Tag unternahmen wir einen mindestens einstündigen Spaziergang. Innerhalb weniger Monate hatten wir die ganze Umgebung in einem Umkreis von fünf und mehr Kilometern abgewandert. Ich lernte auf diesen Spaziergängen Wege, Steige, Schlupflöcher kennen, die mir vorher unbekannt gewesen waren, obwohl ich in dieser Gegend aufgewachsen bin. Kein Feld-, kein Waldweg blieb von uns verschont, wir erklommen waldige Hügel und weinbewachsene Hänge, übersprangen Bäche, stiegen in grüne Täler hinab, streiften durch den herbstlichen Wald, durch Obstfelder, Weinberge, an Bauernhöfen vorbei (immer den Hofhund im wachsamen Auge), überquerten Straßen, kleine Brücken, entdeckten natürliche und künstliche Teiche. Und natürlich wussten wir innerhalb kürzester Zeit genau, wo welcher Hund wohnte, ob er frei war oder an der Kette, ob man ihm eine Nase drehen konnte oder besser respektvoll grüßte.

Auch meine Heimatgemeinde lernte ich immer besser kennen,

nahm neben den großen Schlössern nun auch unzählige Ansitze, Renaissancebauten, Schlosskapellen wahr, von denen sie mehr als reich ist (zu Hause suchte ich dann in einem Kunstführer die Namen heraus), und ergänzte so mein heimatkundliches Wissen um etliche Kapitel. Aber auch die hässlichen Seiten blieben uns nicht verborgen: Mehr Baukräne als Kirchtürme ragten in den Himmel, Fratzen eines zu schnellem Wohlstand gelangten Landes und Ausdruck einer zu bauwirtschaftsfreundlichen Politik; Neubauten inmitten der schönsten Obst- und Rebanlagen, alte Bausubstanz, Scheunen, Viehställe, die putzigen und sündteuren Appartements weichen mussten, geschmacklose Hotelbauten im Disneylandstil, mit künstlich angelegten Palmenoasen. Dabei gäbe es in unserer Gegend genügend natürliche südländische Vegetation, Akazien, Zedern, Zypressen wachsen allenthalben.

Das nächste Spazierfeld waren die Apfelwiesen und Weinberge vor unserer Haustür. Diese durchstreiften wir täglich und sahen den Bauern bei der Arbeit zu: Ernte im Herbst, Beschneiden der Bäume und Rebanlagen im Winter, Schädlingsbekämpfung im Frühjahr. Dazu noch Erneuerung der Anlagen, Wechsel der Obstsorten, Neueinrichtung oder Reparatur der Bewässerungsanlagen und vieles mehr. Sehr viel hat sich in der Landwirtschaft seit meiner Kindheit verändert. Die Apfelsorten von damals sind nahezu alle verschwunden, dafür kamen neue auf den Markt mit kuriosen Namen, die eher an in China hergestelltes Plastikspielzeug denn an Nahrungsmittel erinnern. Die Pergola-Anlagen der Weinreben müssen zusehends dem Spalieranbau weichen. Die Apfelbäume werden immer kleiner, immer verkrüppelter, sie wachsen in Reih und Glied, durch Drähte verbunden, mit Gewichten behängt, von Pfählen gestützt, Legehennenbatterien der Pflanzenwelt. Die Spitzfindigkeit der Zuchtexperten brachte Bäume hervor, die schon im ersten Jahr abgeerntet werden können, im Frühjahr eine wunderschöne Blüte zeigen, schon wenige Monate später makellose Früchte tragen. Aber eines bekamen sie nicht in den Griff, nämlich die Anzahl der Früchte zu reduzieren. So sind es zu viele, die aus den Zweigen hervorsprießen, und sie könnten sich gegenseitig im Wachstum behindern, sich die erforderliche Süße streitig machen. Der Markt aber verlangt tadellose Früchte von idealer Größe. Und er ist unerbittlich. So sind die Bauern gezwungen, zu Sommerbeginn einen Großteil der Früchte wieder herauszuschneiden, in kollektiver Abtreibung müssen so viele Äpfelchen ihr junges Leben lassen und der Boden zwischen den Bäumen ist übersät mit diesen kleinen toten Früchten. Ein widerlicher Anblick, eine Vergewaltigung der Natur. In meiner Kindheit hat es das nicht gegeben.

Bisweilen gelangten Alice und ich in einen kleinen Hain alter Apfelbäume. Der Bauer hatte sie stehen lassen, aus Nostalgie vielleicht, um die alten Sorten nicht ganz aussterben zu lassen. Diese Haine strahlen eine große Ruhe aus. Die Bäume sind hoch gewachsen und frei stehend. Jeder hat seinen Platz und seine Bewegungsfreiheit. Gerne ließen wir uns unter solchen Bäumen nieder. Hier hatten die Pflanzen noch eine gewisse Würde. Keine Spur von der Hektik der industriellen Obstproduktion wie in den modernen Anlagen.

ALICE WAR MITTE Oktober unser Gast geworden. Der Winter, der uns nach einem schönen Herbst auf unseren Wanderungen begleitete, war außergewöhnlich. Denn von November bis Februar schien ununterbrochen die Sonne. Es schneite kein einziges Mal. Jeden Tag strahlend blauer Himmel. Während sich die Liftbetreiber und Hoteliers in den Schigebieten vor Verzweiflung die Haare rauften und eine Armee von Schneekanonen auffahren ließen, um die Schisaison einigermaßen zu retten, und auch die Bauern mit jedem Tag besorgtere Blicke gen Himmel richteten, genossen Alice und ich das Wetter und waren jeden Tag draußen, unbehindert von Schnee und Nässe. Richtige Touren unternahmen wir. Und obwohl es ein ausgesprochen kalter Winter war, merkten wir nichts davon. Es schien ja immer die Sonne.

Es gibt wohl nichts Schöneres, als mit Alice durch die Jahreszeiten zu wandern. Wir machen uns auf den Weg, in einen goldenen Herbsttag hinein. Rotes Efeu, gelbe Ahornblätter, Reben mit prallen Weintrauben, sterbende Rosen erglänzen unter tiefblauem Himmel. Langsam fällt das Laub, die Erde wird hart, der Himmel blass, das Leben zieht sich zurück. Wir wandern durch den Wald, die Laubbäume nackt, die Nadelbäume in zäher Sturheit ihr Dunkelgrün bewahrend. Stille, frühe Dunkelheit, Kälte. Das Gras in den Obstfeldern seiner Farbe völlig beraubt, der Klee abgestorben und zertreten. Die Natur hält den Atem an. Da schiebt sich, von der Welt unbemerkt und nur unseren Adleraugen unverborgen, ein erstes grünes Gräslein durch die tote Laubschicht. In einem abgelegenen Waldstück entfaltet das erste Leberblümchen seine violetten Blütenblätter. Begeistert zeige ich es Alice. Sie rupft es ab. Nun kommen sie wieder, eine Blume nach der anderen: zuerst das Leberblümchen, dann der Krokus, dann der Huflattich. Und ehe wir 's uns versehen, ist der Frühling da. Die Forsythie taucht sich in Gold, die Apfelbäume treiben ihre rosa-weißen Blüten aus und bald wird mich wieder der Heuschnupfen einholen. Ich treibe Alice zur Eile an, denn schon juckt mich die Nase.

Wieder operieren?

Ich war nun also ein gynäkologisches Waisenkind. Brauchte einen neuen Arzt. Aber woher ihn nehmen? Vor allem musste ich zu dieser Person absolutes Vertrauen haben können. Sie durfte mich nicht enttäuschen. Durch die beiden gescheiterten IVF-Versuche war ich in meinem Selbstwertgefühl so verletzt, dass ich noch empfindlicher und ängstlicher war gegenüber Enttäuschungen, Missverständnissen, gut gemeinten, aber unpassenden Ratschlägen. Und dieser Arzt musste etwas von Sterilität verstehen.

Da war noch mein Termin bei Frau Dr. R. Würde sie meine neue Ärztin werden? Mein erster Eindruck von ihr war mehr als positiv gewesen. Aber vielleicht war das nur Zufall? Es waren noch einige Wochen Zeit bis dahin. Bis zuletzt ließ ich offen, ob ich diesen Termin wahrnehmen oder wieder absagen wollte. Aber zu wem hätte ich sonst gehen sollen? Ich kannte keinen anderen Arzt und auf Mundpropaganda wollte ich mich nicht verlassen.

Der Termin rückte immer näher und ich beschloss, ihn wahrzunehmen. Doch wollte ich diesmal auf Nummer Sicher gehen. Ich kannte keine ihrer Patientinnen, die ich hätte befragen können. Aber da war ja noch meine Bekannte, die OP-Schwester. Die hatte immerhin beruflich mit ihr zu tun. Ich rief sie an. Sie bestätigte meinen guten Eindruck und empfahl mir diese Ärztin wärmstens. Ich war beruhigt.

Klaus kam mit zu diesem Gespräch. Wieder einmal saßen wir im Gang der gynäkologischen Abteilung und warteten. Nur einen Monat hatte meine Pause gedauert. Frau Dr. R. kam und entschuldigte sich gleich für ihre Verspätung. Dann setzten wir uns in einem Sprechzimmer zusammen. Noch war es für mich alles andere als klar, dass ich nun zu dieser Ärztin wechseln würde. Aber Frau Dr. R. nahm mich wie selbstverständlich als ihre neue Patientin an und ersparte mir dadurch jedes weitere Zweifeln, Überlegen, Suchen. Ich ließ es gerne zu. Sie nahm mir die Entscheidung ganz einfach ab.

Es wurde wieder ein sehr gutes Gespräch. Meine erste Frage war, ob auch sie mir gleich nach der Operation zu IVF geraten hätte, in der Meinung, dass ich auf natürliche Weise wohl nicht schwanger würde. Ihr war meine Krankengeschichte vertraut und sie war *nicht* dieser Meinung. Zwar räumte sie ein, dass die Endometriose ein Problem sein kann. Aber die Annahme von einst, die Eizellen von Endometriosepatientinnen seien von schlechter Qualität, gelte heute nicht mehr. Die Startbedingungen seien also die gleichen wie bei gesunden Frauen. »Natürlich kann die Endometriose durch Zysten und Verwachsungen den Eizelltransport und die Einnistung behindern. Aber ausgeschlossen ist eine spontane Schwangerschaft auf keinen Fall, noch dazu, wenn Ihr Eileiter frei ist. Wir haben hier schon alles erlebt«, sagte sie. »Finden Sie es dumm von mir, dass ich gerade jetzt, nach zwei Versuchen, eine IVF-Pause einlegen möchte, wo doch statistisch gesehen der dritte und vierte Versuch die erfolgreichsten sind?«, fragte ich. »Das Wichtigste ist, dass Sie sich danach *fühlen*, den Versuch zu machen«, antwortete sie, »sonst hat das Ganze ja keinen Sinn. Das scheint momentan nicht der Fall zu sein. Ich würde jetzt einmal ein Jahr abwarten und sehen, was passiert. Dann kann man immer noch über IVF reden.«

Ich gebe zu, dass ich von ihr so begeistert war, weil sie genau das sagte, was ich hören wollte. Aber ich hatte nicht das Gefühl, dass sie mir damit nur einen Gefallen tat. Ich schätzte ihre Antworten als ehrlich ein.

Wieder war ich fasziniert von der Herzlichkeit, die diese Ärztin ausstrahlte. Trotz ihres zweifellos anstrengenden und belastenden Berufes stets gut gelaunt und für Gespräche offen, war sie von einer seelischen Robustheit, die man in dem zierlichen Körper gar nicht vermutet hätte. Ich glaube, dass die Bekanntschaft mit ihr meinen Entschluss, eine IVF-Pause einzulegen, gefördert hat. Angesichts dieser starken Frau, die mit beiden Beinen fest im Leben stand, ohne Kinder, schämte ich mich plötzlich für meinen Kinderwunsch, der mir nun kindisch und übertrieben vorkam. Wollte ich nicht früher immer so sein wie sie? Über Ritas Fixiertheit hatte ich den Kopf geschüttelt, aber hatte sich nicht eben dieser Kinderwunsch schon längst auch meiner gänzlich bemächtigt, mein Gehirn benebelt? Wie frei war ich eigentlich noch? Nein, nein, Schluss mit IVF und Bahn frei dem Walten der Natur!

Bevor wir gingen, einigten wir uns noch mit Frau Dr. R. darauf, einmal einen ›Postkoitaltest‹ durchzuführen, um zu überprüfen, ob mein Muttermundschleim wohl nicht gegen Klaus' Spermien allergisch war – ein seltener, aber doch möglicher Grund für Sterilität.

Zu Hause hatte ich in den letzten Wochen wieder öfters im Internet gesurft. Endometriose, Endometriose. Ich hatte das untrügliche Gefühl, dass zwischen der Endometriose und mir noch ein Kapitel offen war. Sie hatte wieder einen Anschlag auf mich vor und ich musste ihr zuvorkommen. Da! Ein Buch über Endometriose! Es hieß ›Endometriose. Die verkannte Frauenkrankheit!? Diagnostik und Therapie aus ganzheitsmedizinischer Sicht‹. Das Inhaltsverzeichnis war aufgelistet und klang viel versprechend. Jedes Kapitel war von einem anderen Arzt bzw. einer anderen Ärztin geschrieben und es waren auch Naturheilkundler dabei. Das gefiel mir. Der Herausgeber war Dr. K., Primar der Gynäkologie in Villach. Villach! Klaus' Geburtsstadt! Eine Stadt, die wir zwei-, dreimal im Jahr besuchten. Klaus' Eltern wohnten nicht weit davon. Ich sah es als gutes Omen an, dass dieser Spezialist gerade in Villach tätig war, und beschloss, ihn aufzusuchen. Es gab auch eine ganz konkrete Sache, zu der ich ihn befragen wollte. Im Zuge der Beobachtung meiner Darmtätigkeit war mir etwas Erschreckendes aufgefallen: Während der Regel blutete ich auch aus dem Darm! Und im Kot waren kleine Blutinseln eingelagert. Lange Zeit hatte ich das nicht bemerkt, da ich das Blut für Regelblut hielt. Aber es kam eindeutig aus dem Darm. Ob das mit der Endometriose zusammenhing? Und mit meinen Darmschmerzen während der Regel? Darüber musste ich Klarheit haben, das stand fest.

Zunächst besorgte ich mir einmal das Buch und las es Kapitel für Kapitel durch. Kein leichtes Unterfangen, denn es war für Patientinnen *und* Ärzte geschrieben. Ich habe auch nicht alles verstanden, aber doch wieder einiges dazugelernt. Besonders die naturheilkundlichen Tipps nahm ich mir zu Herzen.

Meine Schwiegereltern besorgten mir die Telefonnummer von Dr. K.s Praxis und ich ließ mir einen Termin geben. Frau Dr. R. erzählte ich von meinem Vorhaben und sie unterstützte mich voll. Sie zeigte auch großes Interesse für das Buch.

Kurz vor Weihnachten war ich bei Dr. K. »Was führt Sie zu mir?« Eine große Ruhe ging von seinem Wesen aus. Seine Lippen umspielte ein geheimnisvolles Lächeln. Er hatte nicht die geringsten Starallüren, obwohl er in der Welt der Frauenheilkunde angeblich ein Star war. Ich erzählte ihm meine ganze Krankengeschichte, zeigte den Operationsbericht und beschrieb meine Darmbeschwerden. Ihm war alles sonnenklar. »Sie haben einen Endometrioseherd zwischen Gebärmutter und Darm«, sagte er. »Dieser hat die Darmwand schon teilweise durchdrungen, daher bluten Sie während der Regel aus dem Darm.« Also doch. Dr. A. hatte mir nach der Operation ja schon von diesem Herd erzählt. Der schien die Wechseljahre völlig schadlos überstanden zu haben und schlug nun wieder mit aller Härte zu. Fast nur routinemäßig machte Dr. K. einen Ultraschall. Er fand alles so vor, wie er es vermutete. Dann tastete er mich ab und löste dabei den typischen Schmerz aus, den ich während der Regel empfand. Das hatte noch kein Arzt geschafft.

»Was kann man da tun?«, fragte ich. »Nun ja, wenn Sie von Ihren Beschwerden befreit werden möchten, dann kann man wohl nur operieren«, antwortete Dr. K. Er erklärte mir, dass bei einer solchen Operation jener Teil des Darms, an dem der Herd klebte, entfernt werden müsste. Die beiden Enden würden dann wieder zusammengenäht. Eine heikle Operation, die nicht viele Frauenärzte praktizierten. Aber Dr. K. hatte sie schon über hundert Mal durchgeführt.

Wieder operieren? Kein schöner Gedanke. Dr. K. riet mir, es mir gut zu überlegen, zumal, wenn die Beschwerden nicht allzu groß waren. Waren sie das? Mir ging es mit meinen Regelschmerzen immer gleich: Außerhalb der Regel beschwerdefrei, hielt ich sie für halb so schlimm, während der Regel aber ... Nun gut, ich würde es mir überlegen. In jedem Fall aber wollte ich noch mindestens ein halbes Jahr abwarten und versuchen, schwanger zu werden.

»Was halten Sie eigentlich von naturheilkundlichen Methoden?«, fragte ich Dr. K. Ich wollte um die Operation herumkommen, das war klar. »Ihr spezielles Problem ist durch Naturheilkunde allein wohl nicht zu beseitigen«, antwortete er zu meiner Enttäuschung. »Allerdings hat Homöopathie bei Endometriose schon oft geholfen. In diesem Fall würde ich Sie an meine Frau verweisen. Sie ist Gynäkologin und Homöopathin.« Gynäkologin und Homöopathin? Ausgezeichnet! Genau so jemanden suchte ich! Schon stand der Entschluss fest, auch Frau Dr. K. ins Kollegium ›meiner‹ Ärzte aufzunehmen.

Bevor ich ging, bat ich Dr. K. noch, einen Bericht über diese Visite an Frau Dr. R. zu schicken. Es war mir wichtig, dass meine Ärzte zusammenarbeiteten.

Als ich wieder zu Hause war, rief ich Frau Dr. R. an und erzählte ihr von meinem Besuch in Villach und der Aussicht auf eine weitere Operation. Sie hörte sich alles in Ruhe an. Die Meinung, dass eine Operation in meinem Fall sinnvoll wäre, teilte sie. Und spontan schlug sie vor, mich zu dieser Operation zu begleiten. Das fand ich nun wieder ganz toll. Denn ich fühlte mich dadurch weniger allein.

WEIHNACHTEN. Ich band Alice eine Schleife um den Hals. Sie war unser schönstes Weihnachtsgeschenk. Vor einem Jahr, kurz nach der Operation, hatte ich fest daran geglaubt, zu diesem Weihnachtsfest schwanger zu sein. Schwanger durch IVF. Und ich hatte mich gefreut. Nun aber war gar nichts, mein Bauch war flach und unbewohnt wie eh und je. Würde hier jemals jemand einziehen? Ganz formell trug ich Klaus meinen Wunsch für das kommende Weihnachtsfest vor: »Ich ersuche höflichst um Ihre wohlwollende Unterstützung bei der Herstellung eines Babys.« Mit der gleichen Ernsthaftigkeit antwortete er: »Ich werde im Rahmen meiner Möglichkeiten nach Kräften zur Realisierung Ihres Anliegens beitragen.«

Seit einigen Wochen schrieb ich Tagebuch.

27. Dezember: Heute habe ich einen ›PCT‹ gemacht, einen Postkoitaltest. Sechs Stunden nach Geschlechtsverkehr musste ich in der Gynäkologie erscheinen. Ernüchterndes Ergebnis: Kein einziges unter dem Mikroskop zu sehendes Spermium hat sich bewegt. Das könnte darauf hinweisen, dass mein Muttermundschleim gegen Klaus' Spermien allergisch ist und sie nicht durchlässt. Frau Dr. R. hat mich aber zu trösten versucht: der PCT sei nicht unumstritten, dieses Ergebnis müsse nicht unbedingt etwas heißen. Trotzdem war ich natürlich etwas deprimiert. Zu all den Schwierigkeiten nun auch das noch? Werde ich also doch nie schwanger werden? Ich versuche immer, optimistisch zu sein, aber manchmal fällt es mir wirklich schwer.

Dr. K.s Bericht war gekommen. Ich machte mir eine Kopie davon. Zwei Seiten lang und voller Fachbegriffe. Aber wieder halfen mir meine Latein- und Griechischkenntnisse und dazu noch das Glossar in Dr. K.s Buch. Abgesehen von einer Beschreibung des Endometrioseherdes kommentierte er den Zustand meiner Gebärmutter, die ihm gar nicht zu gefallen schien: sie sei ›retrovertiert‹, ›kugelig verändert‹, ›mäßig mobil‹ und schien von Endometriose durchsetzt zu sein. »Hier muss natürlich von einer Fertilitätsstörung ausgegangen werden«. Meine Güte. Angesichts dieses Kommentars holten mich wieder die Zweifel ein, ob es wirklich richtig gewesen war, die IVF-Versuche abzubrechen. Wollte ich tatsächlich schlauer sein als die Ärzte? Meine Fortpflanzungsorgane schienen in einem desolaten Zustand zu sein. Da hatte mir ein Arzt helfen wollen, über den IVF-Trick doch schwanger zu werden, und ich hatte auf halbem Wege aufgegeben. War das nicht ein Fehler gewesen?

13. Jänner: Dr. K. will bei der Operation nicht nur den Endometrioseherd entfernen, sondern auch meine Fortpflanzungsorgane wieder richtig ›durchputzen‹ mit dem Ziel, die Fruchtbarkeit zu verbessern; auch wenn er mir gleich gesagt hat, dass er dafür keine Garantie übernehmen kann.

Diese Aussicht und eine eben erst überstandene Regel, bei der ich ziemlich stark aus dem Darm geblutet habe, drängen mich dazu, der Operation zuzustimmen. Es ist Januar. Mein Entschluss steht fest: Wenn sich bis Juli nichts tut, lasse ich mich operieren. Frau Dr. R. unterstützt diese Entscheidung. »Ich finde es gut, wenn Sie nicht zu lange warten,« hat sie gesagt, »denn nach der Operation muss sich der Körper erholen und es vergehen wieder ein paar Monate, bis wir eine Schwangerschaft in Angriff nehmen können. Und allzu lange sollten Sie mit der Erfüllung Ihres Kinderwunsches nicht mehr warten.« »Sie glauben also, dass wir früher oder später um IVF nicht herumkommen werden?« habe ich gefragt. »Es ist nicht ausgeschlossen,« antwortete sie, »aber wir müssen Glück haben.« Für diesen Satz hätte ich sie am liebsten umarmt! *Wir*, hat sie gesagt, nicht, *Sie* müssen Glück haben. Sie ist einfach wunderbar.

IM FEBRUAR war ich wieder bei Dr. K. und teilte ihm meine Entscheidung mit. Auch Frau Dr. R. nahm direkt Kontakt mit ihm auf. Schließlich war alles besprochen und fixiert: Ich würde mich am 17. Juli operieren lassen.

Frauenmantel und andere Zaubermittel

Am Tag nach dem zweiten gescheiterten IVF-Versuch hatte ich wieder mit dem Messen der Basaltemperatur begonnen. Ich musste einen genauen Überblick über meinen Zyklus gewinnen. Und ich wollte nun alle naturheilkundlichen Mittel ausprobieren, die mir zur Verfügung standen. Wäre doch gelacht, wenn ich meinen Körper nicht wieder auf Trab bringen könnte! Ich wälzte Bücher, Zeitschriftenartikel, Internetseiten, redete mit Leuten, sah mir Fernsehsendungen an. Ohne auf irgendeinem Gebiet Expertin zu werden, eignete ich mir innerhalb weniger Monate ein enormes Wissen an. Es gab so viele Tipps für eine gesunde Lebensführung. Manchmal schien die Scharlatanerie dabei nicht weit zu sein, niemals aber hatte ich den Eindruck, dass eine Sache wirklich schadete. Bestenfalls nützte sie eben nichts. Tatsächlich waren die Tipps gegen Endometriose immer identisch mit jenen für den Kinderwunsch, sowohl bei der Ernährung, den empfohlenen Heilkräutern als auch bei den Körper- und Meditationsübungen. Ausgezeichnet, damit schlug ich zwei Fliegen mit einer Klappe.

Die Naturheilkunde ist heute ein riesiger Markt. Konnte es wirklich sein, dass alles nur Humbug war und überhaupt nichts dahintersteckte, wie die Schulmedizin gerne behauptete? Oder war sie doch eine ernst zu nehmende Alternative? Ich wollte es wissen und dazu musste ich es ausprobieren.

Bachblüten, Schüsslersche Salze, Heilkräuter in Form von Tees und Tinkturen, Fußreflexzonenmassage, Ernährungsumstellung, Sitzbäder, Solebäder, Wechselduschen, Spaziergänge. Ich ging nicht unsystematisch bei all diesen Dingen vor, sondern hielt mich an die in den verschiedenen Büchern enthaltenen Anweisungen. Mit eiserner Disziplin trank ich täglich meine zwei bis drei Liter Wasser. Und zwar durch ein Umkehr-Osmosegerät gereinigtes und mit Hilfe von Edelsteinen revitalisiertes Leitungswasser. Edelsteine. Eine Zeitlang legte ich mir abends ein paar Minuten lang einen Bergkristall auf den Bauch, immer nach dem Motto »Nützt 's nichts, schadet 's nicht«.

Auch einem neuen Zyklus Neuraltherapie unterzog ich mich. Der Arzt schlug mir nun noch eine weitere Therapie vor, ›Bowtech‹, eine neuartige Behandlung aus Australien. Sie fördert angeblich die Selbstheilungskräfte der Natur und besteht in einfachsten Berührungen an verschiedenen Körperstellen, ein bisschen lockern, ein bisschen drücken. Unvorstellbar, dass das etwas nützen sollte! Aber o. k., einen Zyklus zog ich durch.

Auch Klaus konnte sich meinem naturheilkundlichen Eifer nicht ganz entziehen. Aufgrund seines nur mittelprächtigen Spermiogramms verdonnerte ich ihn zur Einnahme von Mönchspfeffer. Brav nahm er die Tropfen – monatelang.

Die größte Hoffnung bei all diesen Mitteln und Therapien setzte ich aber in die Heilkräuter, vor allem in den Frauenmantel. In den unterschiedlichsten Büchern stieß ich immer wieder auf ihn, als wahres ›Zauberkraut‹ wurde er bezeichnet. ›Allerfrauenheil‹ war einst sein Name. Die Angaben darüber, wie lange man den Tee ziehen lassen und wie viel davon man trinken soll, gingen auseinander, Einigkeit aber herrschte darin, dass er zumindest einige Wochen lang täglich getrunken werden sollte. Täglich? Einverstanden! Ich machte es mir zur Gewohnheit, mit einer Thermoskanne und einer Flasche Wasser im Büro zu erscheinen. Auch der obligate Apfel, natürlich aus biologischem Anbau, war immer dabei. Es war gar nicht schwer und kostete kaum Zeit, dies alles täglich zu praktizieren.

Mit Hilfe des Zyklusbeobachtung wusste ich genau, wann meine fruchtbaren Tage waren. Das war für Klaus und mich natürlich eine wichtige Zeit. Und da erlebte ich schon bald meine erste Überraschung.

4. DEZEMBER: Diesmal haben wir den Eisprung verpasst. Ich könnte mich ohrfeigen. Er kam aber auch sechs Tage früher als erwartet. Mein Zyklus dauerte immer um die fünf Wochen, auch länger. Diesmal müsste er nur vier Wochen dauern – wie hätte ich damit rechnen sollen? Ob das mit den Kräutertees zusammenhängt?

Damals war ich noch unsicher, heute weiß ich es genau: Das hatte tatsächlich der Frauenmantel bewirkt. Hatte es nicht geheißen: »Er reguliert den Hormonhaushalt der Frau«?

Von da an ging es mit meinem Zyklus ständig bergauf. Er pendelte sich auf mehr oder weniger 28 Tage ein – eine Sensation, die es in meinem Leben noch nicht gegeben hatte! Mit immer größerer Präzision konnte ich den Eisprung berechnen, und die Temperaturkurve war auch gut interpretierbar; mit dem Eisprung stieg die Temperatur nun schlagartig und nicht mehr nur treppchenfömig an. Ich horchte in meinen Körper hinein und lernte ihn immer besser kennen. Bald spürte ich schon bis zu fünf Tage voraus, dass die Regel kam. Und schmerzhafte Regeln wurden nun seltener.

Neben dem Frauenmantel leisteten mir vor allem Himbeerblätter und Schafgarbe wertvolle Dienste. Sie alle sind ausgesprochene Frauenkräuter. Ich nahm sie nicht nur in Form von Tees zu mir, sondern bereitete auch einen Sud vor und badete darin. Oder nahm ein Sitzbad.

Und schließlich die Homöopathie. Ich saß in der Praxis, Frau Dr. K. gegenüber. Lachende Augen, eine lustige Mundart, eine natürliche und unkomplizierte Art. Sie war mir gleich sympathisch.

Und reden, reden, reden. Homöopathie ist eine individuelle Heilmethode, bei der der Arzt den Patienten so gut wie möglich kennen muss, um das richtige Heilmittel für ihn zu finden. Und wie lernt man einen Menschen besser kennen, als sich mit ihm zu unterhalten? Frau Dr. K. fragte mich fast zwei Stunden lang aus, und sie kannte keine Tabus. Aber ich fühlte mich keinen Augenblick lang unwohl. Sie schuf eine angenehme Atmosphäre und ich fragte auch manchmal zurück. Wir unterhielten uns ausgezeichnet.

Es ist ja wissenschaftlich erwiesen, dass Frauen mehr Talent für Sprache haben und dass ihnen das Reden leichter fällt als Männern. Aus persönlicher Erfahrung heraus kann ich das nur bestätigen. Meine beiden Ärztinnen ließen in dieser Hinsicht ihre männlichen Kollegen weit hinter sich. Und ich bin überzeugt davon, dass ein gutes Gespräch mit dem Arzt den Genesungsprozess beschleunigen, wenn nicht sogar den Heilungsprozess erst einleiten kann und daher integrativer Bestandteil jeder Behandlung sein sollte. Auch deshalb fühlte ich mich bei meinem aktuellen Ärzteteam in den absolut richtigen Händen.

Schließlich teilte ich Frau Dr. K. noch die Ziele mit, die ich mit der homöopathischen Kur verband: die Endometriose möglichst zu bremsen und auf natürliche Weise schwanger zu werden. Sie schrieb während des Gespräches fleißig mit. In den darauf folgenden Tagen studierte sie die Unterlagen und wählte das für mich passende Mittel aus. Sie schickte mir die Globuli mit der Post mit der genauen Angabe, wann ich wie viele davon nehmen sollte. Den Namen des Mittels verriet sie mir nicht. Das gehörte zur Therapie dazu.

Es war Anfang März, als ich mit der homöopathischen Kur begann. Erster Effekt: ein Hautausschlag im Gesicht. Sehr unangenehm. Nach mehreren Rücksprachen mit Frau Dr. K. und Erhöhung der Dosis verschwand er schließlich wieder. Sonst tat sich zunächst einmal nichts.

Im Märchenland

Auch die Seele musste gepflegt werden. Da war einmal Alice, die nicht nur für meine körperliche Ertüchtigung sorgte, sondern mich auch jeden Tag zum Lachen brachte. Zuweilen vergaß ich dabei meine Sorgen ganz. Zu meinem ersten psychologischen Ratgeber kaufte ich mir noch einen zweiten dazu. Autogenes Training. Ich hatte Dr. Z.s Tipp nicht vergessen und mich in einen Kurs für Autogenes Training eingeschrieben. Zwei- bis dreimal am Tag machte ich die Übungen und beherrschte die Kunst der Entspannung bald recht gut. Der autosuggestive Satz am Ende der Übungen hatte immer mit meinem Wunschkind zu tun.

Apropos Wunsch. Das Eltern-Kind-Zentrum organisierte ein Seminar mit dem Titel »Von der Wunschkraft im Märchen und im Leben«. Das klang interessant. Aber sollte ich da wirklich hingehen? Ich, ins Eltern-Kind-Zentrum? War ich da nicht völlig deplatziert, kinderlos und unfruchtbar wie ich war? Aber das Seminar stand ausdrücklich allen Interessierten offen. Also beschloss ich, mir einmal den Einführungsabend anzuhören.

Gisela, die Seminarleiterin und ›Märchen- und Lichttherapeutin‹, hatte den Raum sehr heimelig eingerichtet: gedämpftes Licht, bunte Tücher, leise Musik, eine brennende Kerze, ein Edelstein, eine Krone. Schon fühlte ich mich in eine Märchenwelt versetzt. »In einer Zeit, in der das Wünschen noch geholfen hat ...« – fangen nicht viele Märchen so an? Hilft Wünschen wirklich? Gisela war überzeugt davon. Sie erzählte uns Beispiele von erfüllten Wünschen in Märchen und im richtigen Leben. Die Wunschkraft sei eine große spirituelle Kraft, der man nur vertrauen müsse. Aber es gibt auch vermessene Wünsche, deren Erfüllung den Wünschenden unglücklich macht, weil sie maßlos sind, übertrieben, egoistisch. Und Wünsche, die sich nicht erfüllen, weil sie mit zu viel Verbissenheit und unter zu großen Verzichten gewünscht werden. Man muss der Wunschkraft Zeit geben für ihre Wirkung, der Wunsch soll, einmal formuliert, losgelassen und nicht krampfhaft festgehalten werden. Diese Freiheit braucht er, um sich zu erfüllen.

Und Gisela erzählte von Menschen, die sich so sehr ein Kind gewünscht hatten. Und als sich der Wunsch nicht erfüllte, wollten sie ihn erzwingen, wollten die Natur in die Knie zwingen durch künstliche Befruchtung. Aber der Wunsch erfüllte sich nicht. Dann gaben sie auf und ließen ihn los - und siehe da, das Kind kam! Mir schossen die Tränen in die Augen und ich konnte sie nur mit Mühe zurückhalten. Sie sprach von mir, eindeutig. Dabei kannte sie mich gar nicht. Oh Gott, hoffentlich bemerkte niemand, wie sehr mich das getroffen hatte! Durch Mark und Bein waren mir ihre Worte gegangen. War ich maßlos und verbissen gewesen? Hatte ich mich an der Natur und an der Wunschkraft versündigt? Genügte es wirklich, den Wunsch nach einem Kind auf die Reise zu schicken, und schon erfüllte er sich?

Langsam fing ich mich wieder. Ich wollte das Seminar besuchen. Jeder Teilnehmer sollte einen Wunsch formulieren (er konnte mitgeteilt werden oder auch nicht), der dann fünf Abende lang beleuchtet, gepflegt - immer begleitet von passenden Märchen - und schließlich losgelassen werden sollte. Gisela war überzeugt davon, dass sich alle Wünsche erfüllten.

Ich hörte staunend zu. Konnte es wirklich so einfach sein? Warum ging dann so vieles schief, im Leben und in der Welt? Etwa nur, weil die Menschen zu wenig ihrer Wunschkraft vertrauten? Ich beschloss, mich auf dieses spirituelle Abenteuer einzulassen, auch wenn diese Form der Weltanschauung meiner gewohnten Denkweise gänzlich widersprach. Von meiner Ausbildung und meinem sozialen Umfeld her strengster Rationalität verpflichtet (Klaus hat, obwohl einige Jahre Philosophielehrer, keinen Zugang zu Spiritualität und ist zudem mit einer gehörigen Portion Zynismus ausgestattet), hatte ich die rationale Sehweise immer über alle anderen gestellt. Jedoch habe ich die Existenz rational unerklärbarer Dinge nie geleugnet. Nur konnte ich damit nichts anfangen. Bei meinem Kinderwunsch kam ich aber mit Ratio nicht weiter, das stand fest. Meine Abkehr von der Schulmedizin in Richtung Naturheilkunde war schon ein erster Schritt in die Welt der unerklärbaren und dennoch existierenden Dinge gewesen. Und ich gebe zu, dass ich mich nun gar nicht ungern auf das schwankende Parkett der Hexen und Zauberer, Zwerge und Gnome, der Feen, goldenen Kugeln und verwunschenen Schlösser, des webenden und schwebenden Lebens zwischen Himmel und Erde begab. Vielleicht brachte mich diese Rückkehr in meine Kindheit meinem Wunschkind näher, wer weiß.

Am zweiten Abend forderte Gisela uns auf, uns in unserer Vorstellung einen ›Lieblingsplatz‹ zu schaffen. An diesem würden wir der Wunschfee begegnen. Ich stellte mir einen hochgewachsenen Nadelbaum mit dickem Stamm in einem Wald vor. Eine Kletterpflanze hatte zu seinen Füßen eine natürliche Laube gebildet. Sonnenstrahlen brachten das Laub zum Glitzern. Alice und ich spazierten durch den Wald und entdeckten die Laube. Wir krochen hinein. Ich hatte ein Samtkissen dabei. Darauf setzte ich mich, den Rücken an den Baumstamm gelehnt. Alice legte sich vor mich hin und schloss die Augen. Wir genossen das sanfte Rauschen des Waldes. Da stand plötzlich die Wunschfee vor uns. Eine wunderschöne Frau mit wallendem Haar, in einem weiten, duftigen Kleid aus Taft und Tüll; Schleier, spitzer Hut, Zauberstab, alles da. Wie war sie bloß hereingekommen? Alice hatte gar nicht gebellt und auch jetzt blieb sie ruhig. Ich stand auf. Die Wunschfee fing an, mit mir zu sprechen. Wenige Worte und sie wusste alles über mich. »Du wünschst dir also ein Baby?«, fragte sie. »Wenn es sich machen lässt?«, antwortete ich vorsichtig. »Alles lässt sich machen, merk dir das«, erwiderte sie. »Denk nicht mehr an deinen Wunsch, vergiss ihn, vertrau mir einfach.« »In Ordnung.« Und schon war sie wieder verschwunden.

Als ich Gisela erzählte, dass zu meinem Lieblingsplatz unbedingt auch Alice gehört, nannte sie sie »ein Helferlein bei der Erfüllung meines Wunsches«. Wir bekamen noch ein Kärtchen mit nach Hause, in das wir unseren Wunsch hineinschreiben sollten. Wir sollten es irgendwo hinlegen oder aufhängen, wo es für uns gut sichtbar war. »Ich wünsche mir ein Baby«, schrieb ich in mein Kärtchen, »und dass die Endometriose wieder verschwindet.« Dann legte ich es auf mein Nachtkästchen.

Ich habe das Wunschseminar dann doch nicht bis zu Ende besucht. Denn bald schon stellte sich heraus, dass ich tatsächlich die einzige Teilnehmerin ohne Kinder war. Alle fingen sie an, von ihren Kindern zu erzählen. Das tat mir weh. Und mit welcher Selbstverständlichkeit sie von ihnen erzählten! Als ob es überhaupt kein Problem wäre, welche zu haben. Und über die Wünsche der anderen konnte ich nur den Kopf schütteln. Die eine wünschte sich eine Wohnung, die andere ›zu sich selbst zu finden‹. *Das* waren in meinen Augen leicht erfüllbare Wünsche. Meinen Wunsch hatte ich wohlweislich nicht verraten. Ich hätte mich zu sehr geschämt.

Ich rief Gisela an und teilte ihr meinen Entschluss mit. Wir einigten uns darauf, dass ich sie einmal zu Hause besuchen würde, denn sie hielt auch Einzelsitzungen ab. Als ich dann bei ihr war, erzählte ich ihr meine ganze Geschichte. Fast hätte ich geweint. Sie ließ alle ihre spirituellen Kräfte über mir walten und umhüllte mich mit dem ›violetten Licht‹. Am Ende sagte sie: »Dein Kind hat uns heute schon vom Himmel herab zugesehen.«

Schwanger!

Wieder blühte meine Orchidee. Sechs pralle, üppige Blüten hatte sie diesmal hervorgebracht. Meine sechs Kinder, die ich nie geboren hatte. Als Orchideenblüten waren sie vom Himmel herabgestiegen und erfreuten mein Herz.

9. JÄNNER: Heute ist wieder die Regel gekommen. Der Zyklus hat diesmal nur 26 Tage gedauert. Ganz recht ist mir das nicht. Aber allem Anschein nach tut sich etwas in meinem Körper. Schmerzhaft ist die Regel bisher nicht besonders; gestern habe ich eine Schmerztablette genommen.

26. JÄNNER: In dieser Woche war der Eisprung. Klaus und ich haben ›flächendeckend‹ gearbeitet. Wenn es mit der Schwangerschaft nicht klappt, an unserem Einsatz liegt es nicht!

31. JÄNNER: Meine Freundin Anita ist schwanger. Sie ist so alt wie ich, wir sind zusammen zur Schule gegangen. Ich habe sie heute besucht und sie hat es mir gesagt. Diese Nachricht traf mich wie ein Stich ins Herz. So gern würde ich mich mit ihr freuen. Stattdessen empfand ich nur negative Gefühle: Neid, Frust, Verzweiflung. Anita weiß nichts von meinen Problemen und sie hat mich Gott sei Dank auch nicht gefragt. Ich musste mich wahnsinnig zusammenreißen, um wenigstens ein bisschen Freude zu zeigen. Eigentlich wollte ich nur so schnell wie möglich wieder gehen. Zu Hause war ich dann den ganzen Abend schlecht gelaunt.

9. FEBRUAR: Gestern ist die Regel gekommen. Wieder nichts mit dem Baby! Aber ich schaue nach vorne und hoffe in die Zukunft.

1. MÄRZ: In diesen Tagen würde mein Baby geboren, wenn der erste IVF-Versuch geklappt hätte. Oder meine Zwillinge. Die Verzweiflung und Niedergeschlagenheit, die mich nach dem negativen Ergebnis trafen, möchte ich niemandem wünschen. Es war der freudloseste Sommer meines Lebens.

9. MÄRZ: Wieder ist die Regel gekommen. Ich habe geweint. Vor Enttäuschung und Niedergeschlagenheit. Das ist ein ganz neues Gefühl. Früher war sie nur lästig und schmerzhaft. Jetzt löst sie ein Gefühl von Traurigkeit aus, das ich bisher nicht kannte. Der Feind ist so ungreifbar, man weiß nicht, was nicht geklappt hat, wo der Fehler liegt. Niemand ist Schuld und im Grunde kann auch niemand helfen.

21. MÄRZ: Der Frühling ist da und es beginnt wieder zu sprießen. Aber nicht Blumen, Gräser und Blüten – die vielleicht auch, aber was sind sie gegen die Kinderwagen und Rollwägelchen, die nun allerorten aus dem Boden schießen. Keine Ecke, um die nicht, just in dem Moment, wenn ich mich ihr nähere, eine kinderwagenschiebende Mutter biegt. Schon gestern waren die Obstfelder, unser bevorzugtes Spaziergelände, von Kinderwagen geradezu übervölkert. Sonst tauchen sie nur vereinzelt auf. Diesmal aber schien es sich um eine konzertierte Aktion zu handeln, die Damen promenierten nicht gemeinsam, was man sich, aufgrund der Lebensumstände, die sie gerade teilen, durchaus vorstellen könnte, nein, im Zwei-Minuten-Takt kamen sie uns entgegen, und zwar von allen Seiten. Ich forderte Alice innerlich nach Kräften auf, mich gegen diese Übermacht zu verteidigen und in das eine oder andere Mutterbein zu beißen – oder wenigstens an ein Kinderwagenrad zu pinkeln. Sie tat es nicht, dieser Hund ist noch viel zu wenig erzogen! So blieb mir nichts anderes übrig, als im Zickzack möglichst jede Begegnung zu vermeiden, erhobenen Hauptes natürlich – was glauben diese Frauen eigentlich, ihre Kinder wie Trophäen zur Schau zu tragen! Zumindest äußerlich lassen Alice und ich uns von so etwas überhaupt nicht beeindrucken.

Heute, am 21. März, Frühlingsbeginn, kam die Ladung noch geballter: ein Doppelkinderwagen, mitten im Gewühl einfacher Wagen. Man scheint es auf mich abgesehen zu haben, die ganze kinderwagenschiebende Welt hat sich gegen mich verschworen. Der Geburtenrückgang ist ein Mythos, erfunden von jenen, denen die jährliche Kinderschwemme aus welchen unerfindlichen Gründen auch immer noch nicht genügt. Babys, Kleinkinder, so weit das Auge reicht.

26. März: Wir sind soeben aus Stuttgart zurückgekehrt. Dort gab es eine Familienfeier mit Klaus' Verwandtschaft. Sehr nett. Wenn ich nicht gerade meine fruchtbaren Tage gehabt hätte, hätte ich mich wohl noch besser ablenken können. Immer wenn ich meine fruchtbaren Tage habe, sind wir auf Reisen. Aber egal, wir waren fleißig wie immer.

30. März: Gestern habe ich mit Frau Dr. R. telefoniert und sie gefragt, wann wir nach der Operation frühestens einen neuen IVF-Versuch starten würden. Nach einem halben Jahr, meinte sie, wenn ich mich seelisch und körperlich von der Operation erholt habe. Jawohl, IVF. Ich schaffe es einfach nicht mehr zu glauben, dass es auf natürliche Weise klappen wird. Fünfmal haben wir es bisher versucht und es hat nicht geklappt. Ich weiß, dass fünfmal nicht viel ist, aber trotzdem. Ich habe mir vor kurzem ein Buch über künstliche Befruchtung gekauft und da sind einige Erlebnisberichte drin. Diese Frauen haben ganz schön was mitgemacht! Aber schließlich hat es mit IVF funktioniert.

Ich glaube nicht mehr daran, dass ich noch vor der Operation schwanger werde. Daher würde ich sie am liebsten gleich machen. Die Zeit bis dahin ist ja nur verloren. Aber jetzt ist alles festgelegt und schließlich war ja ich es, die nicht früher wollte. Als Frau Dr. R. gestern sagte, frühestens nach einem halben Jahr könne man wieder über IVF reden, war ich deprimiert. Das heißt, erst in einem knappen Jahr werde ich wieder eine reale Chance haben, schwanger zu werden. Wie die Zeit bis dahin zubringen? Andererseits rinnen mir die Wochen und Monate wie Sand zwischen den Fingern davon. In zwei Monaten werde ich 34. Wie alt werde ich also beim ersten Kind sein? 35? 36? Wird es überhaupt je funktionieren? Dabei wollte ich mit 32 mein erstes Kind haben. Aber das Leben hat mir einen gehörigen Strich durch die Rechnung gemacht.

Frau Dr. K. wird mir nun Globuli mit einer höheren Potenz schicken. Für die Haut und weil sie nicht damit zufrieden ist, dass sich meine Stimmung nicht gebessert hat. Nein, das hat sie sich wahrlich nicht. Wie soll ich bloß optimistischer sein? Arbeitskolleginnen, Freundinnen, Nachbarinnen werden schwanger, nur bei mir tut sich nichts. Ich bin immer nur zum Warten verurteilt. Und die Zeit rennt mir davon.

Nach der nächsten Regel werde ich die Basaltemperatur nicht mehr messen. Auch sonst lässt mein naturheilkundlicher Eifer langsam nach. Ich habe schon eine Menge Geld dafür ausgegeben, aber herausgeschaut hat bisher nichts. Welch hässlicher Gedanke, dieses Tagebuch eines Tages aufzuschlagen und zu wissen, dass die ganze Mühe umsonst war. Ich glaube, ich muss jetzt unter einige Dinge einen Schlussstrich ziehen.

2. April: Heute habe ich Frau Dr. R. ein paar Medikamente gebracht, die noch von meinen IVF-Versuchen stammen. In ein paar Monaten verfallen sie; mir nützen sie also sowieso nichts mehr. Vielleicht bringen sie einer anderen Patientin mehr Glück. Ich wünsche es ihr jedenfalls von Herzen.

9. April: Die Regel ist noch nicht gekommen. Heute ist der 32. Tag und sie kündigt sich nicht einmal an. Sollte ich etwa – schwanger sein?!

16. April: Ich bin schwanger! Ja, tatsächlich! Kaum zu glauben, aber es ist wahr! Nach einer Woche des Hoffens und Bangens, in der ich aber mit jedem Tag sicherer wurde, dass ich es bin, heute die Bestätigung: Ich bin schwanger. Als die Regel am 33. Tag immer noch nicht gekommen ist, habe ich einen Schwangerschaftstest gemacht. Das Ergebnis war leider nicht so eindeutig, wie ich gehofft hatte, das Fenster verfärbte sich, aber nur ganz leicht. Ich rief Frau Dr. R. an, erreichte sie aber nicht. Klaus schenkte mir sicherheitshalber schon einmal einen Strauß Rosen. Am nächsten Tag rief Frau Dr. R. zurück und meinte, ich solle einen Bluttest machen. Gestern habe ich ihn dann gemacht und heute den Befund abgeholt. Als ich den Wert sah, βHCG 9.796, wusste ich schon Bescheid. Ich ging sofort in die Gynäkologie und traf Frau Dr. R. zum Glück gleich an. Der Wert hat sie fast umgehauen. »Das ist der Clou,« sagte sie. Sofort zückte sie die schlaue Schwangerschaftsscheibe, fragte mich nach meinem letzten Regeltermin und ermittelte das Geburtsdatum des Babys: Es ist der 16. Dezember. Sie freut sich für mich, hat sie gesagt, und dass es ohnehin besser sei, wenn ich zuerst ein Baby bekomme und mich dann erst operieren lasse, denn diese Operation sei kein Honigschlecken.

Wir haben dann einen Ultraschall gemacht. Es musste ja geklärt werden, dass es keine Eileiterschwangerschaft ist. Ich war ziemlich zuversichtlich. Und tatsächlich: Sie hat die Fruchthöhle sehr schnell in der Gebärmutter gefunden. Sie hat mir auch das Bild ausgedruckt und mir gratuliert. Viel zu sehen ist zwar noch nicht ... Jedenfalls ist für den Moment alles in Ordnung. In zwei Wochen muss ich den nächsten Ultraschall machen.

Nun kann man natürlich nur hoffen, dass das Baby auch bleibt. Die Fehlgeburtsrate liegt bei 50 Prozent, hat mir Frau Dr. R. erklärt. Ich werde wieder die Kräfte der Natur um Hilfe bitten, vor allem das Zauberkraut Frauenmantel, das ja schon bisher Wunder gewirkt hat. Und Frau Dr. K. wird mich homöopathisch unterstützen. Nächste Woche fahren wir wieder zu ihr.

Ja, ich bin schwanger. Irgendwie kann ich es noch gar nicht fassen. Eigentlich habe ich gar nicht mehr damit gerechnet. Und jetzt ist es doch so. Ich bin froh.

25. April: Heute war ich bei Frau Dr. K. Ich habe ihr einen Blumenstrauß mitgebracht, denn ich bin überzeugt davon, dass ihr homöopathisches Mittel zu meiner Schwangerschaft beigetragen hat. Sie ist eben ein Genie! Auch sie war sehr überrascht und erfreut über meine Schwangerschaft. Sie hat dann auch ein Ultraschallbild gemacht. Diesmal hat man schon das Herzchen blubbern gesehen, das war toll! Das Baby selbst ist erst drei Millimeter groß. Frau Dr. K. hat gesagt, sie wird das Ultraschallbild am Abend ihrem Mann zeigen und ihn raten lassen, von wem es ist. Das errät er wohl nie!

Das Baby ist jetzt fünf Wochen alt. Damit ist die Hälfte der kritischen Zeit vorüber. Ein bisschen Angst vor einer Fehlgeburt ist immer da. Aber ich gebe mir Mühe, so optimistisch wie möglich zu sein.

28. April: Ich habe Glück. Keine Übelkeit am Morgen, kein Brechreiz. Nur ein ganz leichtes Schwindelgefühl und ein unangenehmer Geschmack im Mund. Den bekämpfe ich mit Bonbons. Und müde bin ich. Aber ansonsten geht es mir ausgezeichnet.

Unsere Eltern waren natürlich hocherfreut über die Neuigkeit. Jetzt werden sie wohl jeden zweiten Tag anrufen, um zu fragen, wie 's mir geht.

1. MAI: Heute der zweite Ultraschall bei Frau Dr. R. Es war alles in Ordnung. Das Baby ist jetzt 11 Millimeter groß und das Herzchen hat nur so gepocht. Ich habe einen ›Mutterpass‹ bekommen (klingt sehr komisch) und muss jetzt eine Menge Untersuchungen machen.

Ich habe mich schon sehr an meinen neuen Zustand gewöhnt. Auch wenn das Baby mehr im Kopf als im Bauch existiert. Der ist noch ganz flach und wird es auch noch eine Weile bleiben.

8. MAI: Neunte Woche. Zwölf Wochen muss ich überstehen, dann ist die gefährliche Zeit vorbei. Aber sie vergeht soo langsam. Die Tage kriechen dahin, es ist nicht auszuhalten.

14. MAI: Eigentlich kann ich es immer noch nicht glauben, dass ich schwanger bin. Mein Wunsch hat sich tatsächlich erfüllt. Die Natur hat mich nicht im Stich gelassen. Dieses Baby ist etwas Besonderes, indem seine Zeugung *nichts* Besonderes war, sich *ganz normal* abgespielt hat. Tausende und abertausende Kinder und Jugendliche gibt es auf der Welt, die im Reagenzglas gezeugt wurden, und sie sind für ihre Eltern etwas Besonderes, zu Recht. Aber dieses Baby ist durch seine Normalität außergewöhnlich. So sonderbar das auch klingen mag.

20. MAI: Der nächste Termin bei Frau Dr. R. ist erst in zweieinhalb Wochen. Ich kann es gar nicht erwarten, wieder ›hineinzuschauen‹. Am liebsten würde ich jede Woche einen Ultraschall machen. Wenn nur dieser unendlich lange Mai endlich vorüber wäre.

31. MAI: Heute ist mein Geburtstag und das schönste Geschenk ist, dass nun die zwölf Wochen um sind. Ich atme auf. Nun erst werde ich mich richtig schwanger fühlen. Nächste Woche wieder Ultraschall. Hoffentlich ist alles in Ordnung.

5. Juni: Der Bauch fängt langsam an zu wachsen. Morgen habe ich endlich die Untersuchung. Ich will den Herzschlag hören und sehen, ob das Baby die richtige Größe hat. Danach allerdings werde ich mein kleines süßes Geheimnis preisgeben müssen. Bisher wissen nur die Ärzte, unsere Eltern und ein paar Freundinnen Bescheid. Jetzt aber muss ich es auch dem Arbeitgeber mitteilen und dann macht es wohl bald die Runde. Schade eigentlich.

8. Juni: Auch diesmal war alles in Ordnung. Das Baby ist jetzt zehn Zentimeter groß und es turnte nur so im Bauch herum. Das war faszinierend! Frau Dr. R. hatte fast Mühe, seine Größe zu messen, so munter war es. Über ein Gerät habe ich dann auch den Herzschlag hören können.

Ich bin tatsächlich schwanger. Nur ein halbes Jahr nach dem zweiten IVF-Versuch hat es geklappt, und zwar ganz von alleine. Immer wieder muss ich daran denken, was vor einem Jahr war: Übermorgen vor einem Jahr wurden mir die vier Embryonen eingepflanzt, es war der erste IVF-Versuch. Zum Glück hat diese hässliche Geschichte nun ein verspätetes, aber umso glücklicheres Ende gefunden.

Das Baby kommt Mitte Dezember zur Welt. So erfüllt sich auch mein Weihnachtswunsch für dieses Jahr. Es ist kaum zu glauben. Und das Schönste ist, dass die Geburt noch in jenes Jahr fällt, in dem ich 34 bin. Damit habe ich eigentlich gar nicht so viel Zeit verloren.

Ich bin schwanger, Wahnsinn! Wir sind nun in der 13. Woche. Uns kann nichts mehr passieren. Willkommen, kleines Baby! Morgen sage ich die Operation ab.

Nachwort

Als die Idee zu diesem Buch entstand, war ich noch nicht schwanger. Ich wusste also nicht, wie das Buch enden würde. Es gab drei Möglichkeiten:

1. ich würde auf natürliche Weise schwanger,
2. ich würde durch IVF schwanger,
3. ich würde nicht schwanger und der Schluss des Buches bliebe offen.

ICH HATTE das große Bedürfnis, meine Erfahrungen und Gefühle rund um IVF niederzuschreiben. Das half mir, diese traumatischen Erlebnisse zu verarbeiten. Und ich wollte der toten Zeit zwischen zwei Operationen und den hässlichen Erinnerungen, die mich belasteten, einen Sinn geben. Wenn sie anderen Frauen Trost spenden, weil sie sich darin wiederfinden, dann sind sie nicht umsonst gewesen.

Dann wurde ich schwanger und es zeichnete sich für dieses Buch ein überraschendes Happy End ab. Das beflügelte mich natürlich noch mehr zum Schreiben.

Inzwischen sind ein paar Jahre vergangen und aus dem einen Wunschkind sind schließlich drei geworden! Auch der Weg zu den anderen beiden war mit besonderen Erlebnissen und Emotionen verbunden.

BEVOR ICH meine zweite Tochter in die Arme schließen durfte, musste ich die Erfahrung einer Fehlgeburt machen. Ein positiver Schwangerschaftstest und nur zwei Tage später starke Blutungen. Ein Zellknäuel auf dem Ultraschall, das zwar wuchs, aber nicht genügend; das bange Warten auf den Herzschlag, der nie einsetzte. Vier Wochen lang konnte mir niemand sagen, ob ich denn nun schwanger war oder nicht. Eine Achterbahn der Gefühle! Alle paar Tage zum Ultraschall in die Klinik - und schließlich das endgültige Aus. Ich musste eine Kürettage machen lassen und teilte mit zwei anderen

Frauen das Krankenzimmer. Auch sie hatten eine Fehlgeburt erlitten und im Gespräch mit ihnen über unser eigenes Schicksal und jenes vieler anderer Frauen bekam ich erst eine Ahnung davon, wie viel Leid tagtäglich um uns herum geschieht, ohne dass wir auch nur das Geringste davon ahnen. Fehlgeburt – die stumme Tragödie mitten unter uns. Ein Tabu, das dringend gebrochen werden müsste, damit die Betroffenen so viel Hilfe und Verständnis von der Gesellschaft bekommen, wie sie benötigen.

Den naturheilkundlichen und alternativen Wegen bin ich treu geblieben. Neben den schon bewährten Mitteln und Methoden halfen mir auf meinem Weg zum zweiten Baby die Homöopathie (und da vor allem die Sepia), die Akupunktur und Luna Yoga.

Töchterchen Nummer drei dagegen bescherte mir eine ganz andere Erfahrung. Mein Mann und ich wollten es noch einmal ›darauf ankommen lassen‹. Kaum hatte ich also die Stillzeit beendet und wieder meine Regel bekommen, rechnete ich mir meine fruchtbaren Tage aus. Und siehe da, es war die erste und für viele Monate auch schon wieder die letzte Regel, denn ich wurde auf Anhieb schwanger. Dass ich diese Erfahrung, beim ersten Versuch schwanger zu werden, auch noch machen durfte, hätte ich mir nun wirklich nicht träumen lassen. Dieses Glück hatten doch nur andere Frauen und nicht ich!

Auf ivf habe ich nie mehr zurückgegriffen. Das heißt aber nicht, dass ich anderen von ivf abraten möchte, genauso wenig wie ich sie jemandem ans Herz lege. Dazu ist jeder Kinderwunsch-›Fall‹ viel zu individuell. Der richtige Weg zum Wunschkind ist für jedes Paar ein anderer, und die große Kunst besteht darin, ihn zu finden. Da hilft Offensein für alternative Möglichkeiten, fremde Erfahrungen und neue Sehweisen. Wenn mein Buch dazu beitragen kann, anderen Menschen als Orientierungshilfe zu dienen, hat es seinen Zweck erfüllt.

Jeder Leserin und jedem Leser mit Kinderwunsch wünsche ich jedenfalls von Herzen Glück und dass sich dieser Wunsch so bald wie möglich erfüllt!

M.H.